秋燈夜雨讀文史

楊興安 著

U0130444

目錄

序言：香江第一文膽……賴慶芳 博士……007
前言：秋燈夜雨讀文史……011
粵音古遠流長……013
粵語是眾多香港人母語……018
太歲乃虛星 何來犯太歲……023
對中國文字的感情……027
啟蒙教材與今日家教……032
唐詩緣何橫空出世……036
唐詩脈絡與流派……039
李白兩小無猜到抽刀斷水……042

杜甫追慕詩聖李白……047
李商隱有愛無償的〈錦瑟〉……052
杜牧詩文冠絕一時……056
宋詞伴音樂而生……062
宋詞柔情兼容哲理……065
元曲慨歎成敗如一夢……070
文辭逸妙《幽夢影》……075
宋代平話造就明代小說……082
明代四大奇書……085
清代小說名著……089
胡適與陳獨秀的文學革命……093
從忽視到重視小說……098
從豪俠小說到香港武俠文學……103
選談西方文學巨著……108
歌德《浮士德與魔鬼》的疑問……114

德國茵夢湖的雋永……118
不讀歷史損失大……122
韓信神秘身世成疑……125
滿招損　吳越先後失國……130
人情只在反覆間　范蠡逃亡……134
吳越爭霸人物　展示人性……138
孫臏龐涓同門恩怨……144
孫臏龐涓鬥法　高下立判……148
鬼谷子同門縱橫天下……152
何以唐代牛李黨爭……156
吳佩孚稜稜風骨……159
傲骨將軍吳佩孚……164
江湖軍閥張作霖……169
張作霖民族熱血……173
蘇雪林談戰國域外文化……178

利瑪竇繪第一張世界地圖嗎？……………185
附錄一：和學員談「十家九流」的疑問…………192
附錄二：楊興安博士專訪—小說創作與今日社會………197

序言：香江第一文膽

賴慶芳 博士

與楊興安博士相識已逾十個寒暑。相識於香港作家聯會之聚會，詩人秀實力邀出席香港小說學會之活動，且介紹了榮譽會長楊博士給我認識，彼此交換名片。

相識春秋十載

時光匆匆，轉眼接近春秋十載。然而，與楊博士的首次同席晚飯，卻是幾年後的機緣巧合。之後，不時在香江不同的文化場合遇上楊博士，也日漸認識。

相識久後，得知楊興安博士本科及碩士畢業於澳門大學，於廣州中山大學取得博士學位，曾師承羅慷烈教授，古文根基深厚。據悉，他十歲多開始接觸古典文學，從《古文評註》開始打下根基。他云：「古文根基好，使我一生受益。」二十歲時，他買下全套《資治通鑑》來細讀，因為唐代是中國史最輝煌時代而偏愛唐史。近年，楊博士愛閱讀明史，自云：「原本不喜歡明史黑暗，但故事發人深省。」認為讀者可從歷史故事中鑑古知今，尤對有志從政或從事管理之士有裨益。楊博士活躍於文化界，皆以筆力見稱；文章常見於《灼見名家》及各大刊物之專欄，盡顯深厚的古文根基。

香江第一文膽

楊博士古文根基深厚，文采斐然，若要以數字評價楊興安博士，可以「香江第一文膽」稱之。為何如此說？他深得香港各界賞識，故成為商界、政界及文化界領軍人物的文膽，也是唯一能跨越此三大界別的文人。楊博士最早聞名於香港政商界，始於他曾擔任香港首富李嘉誠之文膽——擔任長江實業集團中文秘書逾六年之久。主席之演辭、集團之重要書信往來、文書公告，皆由他親自操刀。二〇〇一年香港第一屆特首董建華競逐連任，曾聘請他為書信及文稿把關，可謂特首之文膽。是年，特首亦順利連任。

然而，楊興安博士最為人所熟悉的，是他年輕時擔任著名武俠小說家金庸——人稱「查大俠」查良鏞的秘書。金庸創辦香港首屈一指的中文報章《明報》兼任社長，楊博士是社長辦公室的行政秘書，深得賞識與重用。

鮮為人知家世

楊興安博士之名傳香港文教界，因其散文曾被選為中學課文，又獲各大集團邀請教授員工書寫應用文、商用文書等等。然而，楊博士是書香世家，卻非人人知道。

一次談起近代歷史，他說起鮮為人知的歷史時，才透露一點：「我堂伯父是興中會首任會長，與孫中山相熟。」想不到，原來他是晚清著名文士楊衢雲的堂姪。楊衢雲祖籍福建海澄，一八九〇年創立輔仁文社，與孫中山的興中會合併後，旋即獲選為首任會長。一八九五年，他策劃廣州起義推翻滿清政府，因事情泄露而被逼流亡海外。一九〇〇年，楊衢雲方辭去興中會會長一職。

楊博士很少提及自己的家世，我也是認識他久了才知道一點，十分欽佩他的謙卑與處事的低調。即使楊博士廣為文化界認識，他還是平易近人、謙虛有禮，視晚輩為朋友。他贏得別人的敬重，其文章贏得讀者的青睞，聰明的讀者更可透過文章對香港第一文膽楊興安博士有深入的了解。

按：賴慶芳：倫敦大學亞非學院哲學博士，現任香港大學中文學院碩士課程講師。

前言：秋燈夜雨讀文史

劉禹錫是中唐人，詩文俱佳。但唐朝著名詩人太多，劉禹錫不見得排在前列。少年時首讀劉詩「朱雀橋邊野草花，烏衣巷口夕陽斜。舊時王謝堂前燕，飛入尋常百姓家。」已很有世事滄桑的感受。後來在社會混混噩噩好一段日子後，更偏愛他那是藝術家的感情和視野，帶著愴然淡雅又不失欣賞大自然的詩句。

遊玄都觀兩首七言，都是劉禹錫別有懷抱之作，而景致情懷，偏偏惹人共鳴，但見繁華脫落，清冷孤疏，另一番意境，卻教人神弦心動。且看：

紫陌紅塵拂面來，無人不道看花回。
玄都觀裏桃千樹，盡是劉郎去後栽。（〈戲贈看花諸君子〉）

再讀：

百畝庭中半是苔，桃花淨盡菜花開。
種桃道士歸何處？前度劉郎今又來。（〈再游玄都觀〉）

劉禹錫的詩自成一格，無怪他與白居易合稱「劉白」，與柳宗元並稱「劉柳」，與韋應物、白居易三人合稱「三傑」。

月前無意中又讀到劉禹錫不大著名的兩句七言，霎時又牽起一度閒致情懷：

數間茅屋閒臨水，一盞秋燈夜讀書。

茅屋閒臨水，秋燈夜讀書，何等功名身外？何等寂寥？知交好友也咫尺天涯，情何以堪？但一句夜讀書，情緒超拔而起。光陰寶貴，何必浪費虛擲？文人愛書，讀書不是苦事，是無上精神享受。一卷在手，徜徉古今宇內，神交古人，何等暢快？

秋夜閒暇，遇上夜雨，燈下蜷曲被窩，淅瀝的沓雨聲中，盡是畫意詩情。更手執一卷，細讀前人妙事逸聞，終倦而睡，悠悠於自我天地，其樂何似？

哲學家追求真理，文學家追求人世間的感受而體悟生命的價值，歷史說出往事以為待人處事的借鑑。文史之中卻往往包含著更多真理。本書多述文學與歷史軼事，適於拙著完稿之時，正愁無佳句為書目，剎那之間，尋思何不以「秋燈夜雨讀文史」而彰顯之？

楊興安

楊興安　癸卯仲春誌之

粵音古遠流長

粵，現在指廣東。但說到粵音，範圍可大得多。遠古的粵音，泛指今兩廣之地語音。古時粵、越兩字相通。遠古粵地居民多是現今少數民族：如僮族、傜族、苗族等等及今西南少數部族。其中僮語最接近原始漢音；而漢族嚴格而言應始自漢朝，春秋時稱文教發達部族為「華夏」。漢族其實是一大混合民族，而炎黃子孫則包括中華大地各大小民族。

後期淡化鄙視用字

北方賤稱嶺南人為獠（lao），如夷獠、山獠、黎獠。粵俗語愛叫人為「佬」，如「大佬」、「細佬」、「有錢佬」、「廣東佬」、「外江佬」。其實，「佬」字原為「獠」字。隋唐時代鄙視嶺南人，以獠（《粵音韻彙》讀魯音，說明蠻族之一）字稱之。後減低歧視轉「獠」為「僚」，粵人再轉而為「佬」。古語音淡化貶義的還有「番禺」一詞。此中的「番」是生番的「番」（音翻），「禺」是一角之地。在先秦時期，視番禺乃南方蠻人聚居之地。其實秦末南越王趙佗立國經營嶺南，以廣州為都，稱番禺，繁盛熱鬧，盛名遐邇。現粵語番禺要讀「潘禺」，否則為識者所笑。

香港人說粵語，小童叫「細路仔」或「細蚊仔」。「細路仔」來自「細佬仔」，而「細蚊仔」則來自「細蠻仔」。隋唐時呼粵人為蠻人，所謂「南蠻北狄」，南方小童便呼為「小蠻子」，轉而變成「細蚊仔」一詞。因粵語「小」叫「細」，子稱「仔」。

有學者考據，說「蠻」其實是南方某些部族自稱，最初不含貶義。蠻字帶「虫」字，亦非侮辱性。原來遠古南人對能自動屈伸物類都統稱虫（蟲），是自身能動生物。遠古蟲是鳥獸通稱，有羽蟲、毛蟲、甲蟲、鱗蟲、裸蟲。裸蟲便是人，是萬蟲之長。許多古字都有「虫」組成，如蜀字、禹字、閩字等。伏羲女媧姓風，風字也由虫字組成。而粵地呼蟲，愛加「馬」字音。如螞蝗、螞蟻、馬騮（猴子）。

粵語遠古源流

周秦兩代特別注重南粵，漢武帝更刻意開發嶺南，可知嶺南的開發比東甌福建浙江一帶更早。當時廣東等南地以僮族為主幹。所以粵語古源大部分是南方僮語（「僮」古音「撞」，見《徐松石民族學文集》，廣西師範大學出版社。），亦受傜語，吳語的影響。粵語說「咁多」，「咁好」。吳語則說「介多」，「介好」。香港人說粵語我們叫「我地」。傜語有「我隊」、「你隊」、「渠隊」。粵音因而出現「我地」、「你地」、「佢地」。吳語用「渠」字表示他人。粵語則一律用「佢」呼他人，「佢地」是他們。廣西興業縣志說，居民自稱曰「儂」，稱我們為「儂隊」。至於「個邊」指那裏，則出自僮音。

苗人多用阿字。北史《蠻僚傳》說「獠人無氏族之別，所生男女惟以長幼次序呼之。」如姊叫「阿倫」，妹叫「阿小」。祖父叫「阿幾」，祖母叫「阿婆」。廣東福建人愛用阿字稱對方，受苗人影響。

粵音獨有特色

遠古南北音之差異，原來和地理環境有關。南方多深山大澤，雨水充足空氣濕潤。空氣壓力較小，鼻音重。北方平原遼闊，空氣乾燥，語音清揚。鼻音唇音較少而乏平上去入四聲中入聲。梁朝沈約也是依南方音而定四聲。

粵音有幾大特點。一是粵音鼻音重，語尾最富鼻音 ng 音。如楊 yeung，或 yang。王 wong，鍾 chung，龍 lung。其入聲字豐富，以破裂音 t、k、p，音結束，語音短促。如甲 kap、撥 put、匿 nik。苗語漢語器具叫皿 ming、人叫民 mun。

其次粵語多量詞，甚至使人眼花瞭亂。如一張紙、一座山、一條線、一篤尿、一啖飯、一碌竹、一舊泥（塊）、一架車（輛）、一隻船（艘），……等等。英語則無此等量詞。今僮傜族分類量詞之多，與閩粵人一般。

其三粵人造詞愛倒裝，亦深受古民影響。如公雞叫雞公、客人叫人客，生魚叫魚生，瓦缸叫缸瓦，乳腐叫腐乳……等等。僮族苗族呼大山、小山為山大、山小。中原古語亦受其影響，如堯帝稱帝堯，都城稱城都。

其實，古粵語來自僮傜苗等少數民族，最初也有複音聯綴語。後來發明方塊字，受到影響，每字成單音字，一字一聲（其實一字可能有多音，但亦只能一聲表一用。如種字、樂字、行字）。粵語仍留的聯綴音如「陷把爛」（諧音而已），即全部之意。「嗚厘馬查」，即文字草亂不可辨。「腳瓜囊」，小腿也。泰語僮語、雲南擺族仍稱腳為「腳囊」ka-long。這情況只保留音而沒有字，一些縱然有字，但受時日淘汰而被棄用（如餛飩今已被「雲吞」取代）。尚有北方古語借用南方合併音情況，如「穹窿」快讀成「空」，「窟窿」快讀成「洞」，兩者音義皆相同。

粵音較多含原始音素，粵音中狀聲和狀形字不少。如「鴨」、「貓」都是狀聲字。如雞聲喔喔，狗聲汪汪、蟲聲唧唧，管弦嘔啞，都是狀聲貼切。「開」字必須開口讀，「闔」字、「合」字必須合口讀。如用普通話讀便失真，沒有狀聲效果。普通話讀喔喔不似雞聲，汪汪不似狗聲了。

後記

近代愈來愈多資料顯示，古代南方文化博大深遠，影響整個中華大地的文化發展。炎帝黃帝一戰於前，蚩尤軒轅爭雄於後，北方民族勢力壓倒南方，北方文化語言遂成中原正統。讀書人和官吏都學習和採用北方的雅言，自成一套系統流傳後世。春秋及戰國著書立說者均用雅言為文，南方語言便被邊鄙化。及後即使南方讀書人亦必習雅言（即今日稱為文言）藉窺學問，藉登廟堂，但地方民間則仍多有古音古語流傳。

筆者懷疑古粵音可推算到蚩尤時代。據彝族《古今彝曆考》（四川民族出版社，頁四十八），十二紀年生肖紀年，彝曆始於公元前4360年（距今六千多年），指出中國生肖觀念來自彝族。該書並附彝族漢字注音（尚有拼音示明，今不錄）備考。

生肖：鼠－牛＊－虎－兔－龍＊－蛇＊－馬＊－羊＊－猴＊－雞－狗＊－豬

彝語：黑－女＊－拉－特勒－綠＊－施＊－姆＊－欲＊－㚅＊－窩－啟＊餓

註：請注意，有*符者和今日粵音極相近，「特勒」快讀亦是免音，十二字中有七個字以上與今粵音同，可見粵音遠古流長。對此有興趣讀者不妨翻尋研究。

按：本文資料有引自《徐松石民族學文集》。徐松石教授（1900—1999）廣西容縣人。畢生致力於少數民族歷史文化研究，著作豐茂，貢獻不小，惜少有學者提及。筆者謹藉本文表示對徐教授的謝意和敬意。

粵語是眾多香港人母語

聽說近日教育局小學中文教學資源網頁出現一篇〈粵語並非港人母語〉的文章，惹來不少爭論，毋寧說惹起不少人反感。在報章引述此中言論說**「文章論述的母語應是民族共通的語言，而粵語雖然是漢語的一種，但僅屬方言，並不可能成為母語，故港人的母語應為普通話。」上述言論，謬誤處處。**真不知撰文者對中國深厚的文化認識多少？對中國文字和語言有多少研究，才把市井之言作專家身分來發表。

北京大學演講要翻譯普通話

一個研究中國語言文字的人，一個真正的學者，都會對粵語和粵語的重要性十分尊重、十分重視。試引筆者親身經歷。本人在二千年前赴北京大學，參加幾天的「金庸小說國際研討會」，是眾多演講嘉賓之一，想不到卻遇到極尷尬的場面。當時在北京大學的講臺上，嘉賓依次發言，在除中國人外，尚有日本人，美國人，以色列人等，這些外國人全部以字正腔圓的普通話發言。筆者在香港出生、在香港長大，三四十歲前從無機會接觸到普通話，雖然後來努力學習，也聽懂八八九九，但總不敢拿著講咪，在百多位學者面前大聲說普通話。怕的是惹起誤會，鬧出笑話。只有要求同赴北大的作家潘國森為我即場翻譯。

當我上講臺時，先用粵語說兩三句，再由潘國森用普通話譯述兩三句。在場人士知道我要用翻譯，先是一陣輕鬆好奇的輕笑聲，隨即全場鴉雀無聲聽我的論文撮要。我把要說的內容減去一半，所以說得慢條斯理、響亮清楚，之後掌聲亦響徹會場，他們對不懂說普通話的中國人絕無歧視。其後記得有兩位女士發言，年輕的說：「從未聽過粵語，楊先生說得抑揚頓挫，粵語很好聽啊！」中年的女士則說：「楊先生說不懂普通話，但潘先生說得也很普通啊！」隨即惹來哄堂大笑，氣氛奇佳。只見潘國森傻兮兮的望著我，苦笑無言。我反而成了突出的講者，會後許多人和我交換名片，交朋友。

答問會以蹩腳普通話過關

因為進修的是中文，便考到中山大學讀博士。最後交了博士論文，還要通過由幾位學者組成的答問會這一關。五位學者中有三位是外省人，不懂粵語。當天一起參與答問會的博士生共有四人，旁聽的卻有八九十人。用粵語問我的教授，我用粵語答，用普通話問我的，我用蹩腳的普通話答。要一面答題，一面轉成普通話說出來，狼狽不在話下，說了也忐忑不安。最後他們離場商量，回來後由一位外省教授代表發言。他說：「其實楊同學說的普通話我聽不懂，但不重要，因為我們讀過他寫的論文，一致通過他獲頒博士學位。」在一陣掌聲和輕笑聲後，圓滿結束了這次的答問大會。

從這兩次經驗看來，無論南北有學養的人，都尊重說粵語的同胞。還有一點，是他們都讀過我發表意見的文章。這帶來了更重要的現象：是重要的訊息，我們都靠文字來溝通，而非光靠那一種語言來溝通。

凝聚民族文化和愛國精神靠文字

中國地大物博，歷史古遠，民族眾多，凝聚民族文化和愛國精神，是靠統一的文字。自從中華先民發明甲骨文象形文字，人和人的溝通便把語言和文字分家。一個人只要懂得二三千個中文字，既可以和說任何方言的人溝通，更可以和二千多年來中國的文人智者溝通，學習他們的智慧。有想到孔子的學生讀《詩經》，我們也可以讀《詩經》；蘇東坡和康熙大帝讀李白的唐詩，我們也正學習和欣賞李白的唐詩嗎？發明中國文字的人，把語和文分家的創見何其偉大！本人曾撰寫〈中文要學書面語〉一文，對這種道理，釋之甚詳。

香港回歸不久，一次在課堂上說中文分口頭語和書面語。口頭語又分母語和地方語，母語指母親原來的口語，如中山人說中山話，上海人說上海話，大部分的香港人說粵語（廣府話）。而許多時候，母語又和地方語重疊，既是母語又是地方語。突然，一個女同學起立反對我的說法。她說：「普通話才是母語。」我問：「你根據什麼有這樣的說法？」她說：「學院的老師說的。」我說：「中國有許多民族，如住在偏僻山區的蒙古人、西藏人都不懂普通話，他們怎能對孩子說普通話？哪裏來的普通話是母語？蒙古語、西藏語的土語才是他們的母語。」她無言以對，靜靜的坐下來。

許多方言　正是母語

原來，有些人對「母語」一詞帶有誤解，那是對中國文化認識不深。前文引述某人所說，粵語**「但僅屬方言，並不可能成為母語，」是大錯特錯，因為許多方言，正是母語**。也曾在某場合聽到人說：「香港人中文這樣差，因為他們不懂說普通話。」言下之意，港人若懂普通話，中文便好得多？果然？然則北京六七歲小孩都能說流利的普通話，中文修養便很好了？市井之言，不足為辯。

在今日中國社會，普通話是一種極值得推崇、廣傳國人的一種言語，本人絕無輕視普通話之意，反而一向以不能說流利的普通話為憾事。但在學術研究立場而言，粵語比普通話的底蘊深厚得多。例如普通話只有四種聲調，沒有入聲，而粵語有九音，抑揚頓挫，有音樂之美。試讀王曇項王廟，用粵語讀才見鏗鏘。

君王如玉妾如花，君馬一走天下瓜；赤蛇不死白蛇死，妾骨長埋垓下沙。
兒女英雄兩不足，水廟山煙吾來宿，八千弟子大風來，父老江東到今哭。

詩詞多藏粵語字詞

唐代文化鼎盛，唐朝的官話【註】是粵語，許多詩詞均藏粵語用字用詞。例如：古詩「行行重行行，與君生別離。」行字，是粵語（廣府話）。杜甫：「朱門酒肉臭，路有凍死骨。」凍死，粵語。李煜詞：「問君能有幾多愁？恰似一江春水向東流。」幾多，出自粵語。此外，以廣泛流通而言，普通話只有三百多年歷史，粵語有近二千多年歷史。

說**「母語應是民族共通的語言」是不對的**，什麼是「應是」？民族共通的「話語」自古以來都是書面語，包括文言文和語體文。而**「港人的母語應為普通話」更不對**，相信連只懂普通話的有識之士都不會同意。我們在推廣普通話之時，需要踐踏粵語作為必要的手段嗎？

【註】：所謂官話，是封建時代官場及其近域流行的語言，普通百姓不懂不用。近人考據，漢代已有粵語出現，唐代官話是粵語，宋明是閩南話，清代是滿州話加北京土話，後來發展為今日的普通話。

太歲乃虛星　何來犯太歲

朋友近來憂心忡忡，說這幾年運氣都不大好，明年逢太歲可能運氣更差了，悶悶不樂。我對他說，不要這樣迷信提不起勁，太歲是虛星，是古人在天文上假設的一顆星，本來便不是暗示人的運氣的。朋友聽了半信半疑，我更向他說，今日社會，十二生肖當中，都有四個生肖犯太歲的，我年輕時術士都只說本命年才犯太歲。他愈聽愈有興趣，我也愈說愈起勁。

年中多人犯太歲原因

例如今年是雞年，凡雞年出生人遇上雞年是本命年，便犯太歲。十二時辰當中，雞屬酉，與卯相對，卯屬兔。於是兔年人在雞年也犯太歲了。有些術士更說雞年中兔年人對著太歲，叫坐太歲，其禍更凶。這樣一年之中便有兩類人犯太歲了。後來，又有人說五行中酉雞和戌犬相害，卯兔和辰龍相害，叫害太歲。這樣，每一年中便有四個生肖犯太歲，人類中每年都有三分之一人犯太歲，一個人在十二年中會有四年犯太歲，何其多也？一次有機會便向一位職業算命風水的朋友虛心請教，他笑而不答。他見我失望，臨行前瀟灑地微笑向我說：「一年四個生肖犯太歲，買金器玉器避太歲禍的人便多了三倍啊！」微子之言，吾不知之，才令我恍然！

干支紀年歷史久遠

從甲骨文資料，商代甲骨已有甲乙丙、子丑寅等甲骨文字出現，考古發現商朝後期帝乙時的一塊甲骨，刻有完整的六十甲子，可見商朝已使用干支紀日。據說最早由西漢皇室應用紀年，到了東漢元和二年（公元85年），朝廷下令在全國推行，一直到今天社會仍然使用干支紀年。

干支紀年是天干：甲、乙、丙、丁、戊、己、庚、辛、壬癸十個字，地支：子、丑、寅、卯、辰、巳、午、未、申、酉、戌、亥十二字。天干地支合配如甲子、乙丑、丙寅等成六十甲子。以六十甲子可以周而復始紀年。

天干地支，有取樹幹樹枝之意。十干又稱歲陽，十二地支稱歲陰。《爾雅．釋天》：太歲在甲曰閼逢，在乙曰旃蒙，在丙曰柔兆，在丁曰強圉，在戊曰著雍，在己曰屠維，在庚曰上章，在辛曰重光，在壬曰玄黓，在癸曰昭陽。見下表十干與歲陽名稱對照。

閼逢－**甲**；旃蒙－**乙**；柔兆－**丙**；強圉－**丁**；著雍－**戊**；

屠維－**己**；上章－**庚**；重光－**辛**；玄黓－**壬**；昭陽－**癸**。

古人為了觀測日，月，五星的迅行和氣節的變換，把周天分為十二等分，叫做十二次。把黃道帶天區自西向東劃分成十二部分，依次命名為星紀、玄枵、娵訾、降婁、大梁、實沈、鶉首、鶉火、鶉尾、壽星、大火、析木。十二次的創立一是用來表示一年四季太陽所在的位置，說明節氣的變換，其次亦用來說出歲星（木星）每年運行所到的位置，也以此來紀年。後來，由東向西配以子、丑、寅、卯等十二地支對照，其安排的方向正好和十二次序相反。二者對照如下表（見圖）：

十二次與十二地支對照

1·星紀：**丑**　　2·玄枵：**子**
3·娵訾：**亥**　　4·降婁：**戌**
5·大梁：**酉**　　6·實沈：**申**
7·鶉首：**未**　　8·鶉火：**午**
9·鶉尾：**巳**　　10·壽星：**辰**
11·大火：**卯**　　12·析木：**寅**

天上最大的木星是歲星。歲星（木星）由西向東運行，和人們熟悉的十二辰的方向正好相反，所以歲星紀年法在應用中算起來很不方便。因此，古代天文學家便設想出一個虛假歲星叫「太歲」，讓它和真歲星「背道而馳」，這樣便和十二辰的方向順序一致。並用以紀年。太歲是在《漢書·天文志》的叫法，《史記·天官書》叫歲陰，《淮南子·天文訓》叫太陰。根據戰國時天象紀錄，太歲運行到析木（寅），這一年便是「太歲在寅」，太歲運行到大火（卯），這一年便是「太歲在卯」。

避太歲的意義

這樣太歲紀年法便與十二時辰方向一致。從上述可見，太歲是虛擬的。又何來犯太歲呢？由於在天文學而言，12年時差即12年減11.86年，即差0.14年。自漢武帝太初元年計，距今二千多年，所傳至太歲亦多不合本年太歲。所以犯太歲理應不存在。即使相信太歲，其所指年份亦不準確了，避太歲之舉意義亦不大，全是心理作用。可以消去朋友心中陰影了。

但古人叫人避太歲，其實勸人不要冒進，當年自我反省，亦一番美意。亦只有假借天命有犯太歲之說，人間天子豪貴才會收歛一下。近人劉道超著《易學與民俗》（中國書店出版），對太歲及其風俗說之甚詳，對此有興趣者可以參閱。

屈原的生日很特別。屈原《離騷》中首句「攝提貞于孟陬兮，唯庚寅吾以降」。後人考據攝提是太歲年的攝提格（寅年），孟陬是夏曆正月寅月；庚寅是生日的干支。所以可知屈原正好生於寅年寅月寅日了（即虎年虎月虎日出生）。

對中國文字的感情

文字不是生物，但有「生命」。它的出現有初生，成長和死亡。過程中，又有形體的變化。所以不少人在討論香港應否推行簡體字。亦不應引以為怪。

減筆字不同簡體字

不少人贊成用簡體字，但深談之下，原來許多人口中的簡體字，實是心中的「減筆字」。那些是減筆字呢？例如体（體）字。对（對）字。葯（藥）字，献（獻）字等等。這些字在字形結構上，用簡字代替繁字的一類俗字。（亦即昔日默書課老師視為錯字的非正統字）。簡體字應指由中國大陸在一個時期一起頒佈大量筆劃極簡的字體。例如「小」「土」是塵（尘）字。「又」「土」是聖（圣）字。「广」是廣字。「厂」是廠字的一類字。既然叫這一類字做簡體字，便把原來的楷書叫繁體字。但一些人抗議對傳統楷書冠以「繁體」的貶義。叫這些字做正體字。就名稱之不同，已窺各人之愛惡。

從正統的楷書，到倡議用簡體字，一定有它的理由，最常聽得到的有三種說法：一是簡體字筆劃少，學習容易，便於消除文盲。二是筆劃少，書寫快捷。三是傳統書體有一些結構太繁複，出現了千多年而不變，到現在實應簡化一下。反對簡體字的人，又提出什麼理由呢？大多數是

對簡體字「看不順眼」，有一種抗拒的心理。「看不順眼」顯然是情感的因素，說道理，是難於成立的

簡化理由　難以成立

如果說「看不順眼」不成理由，則倡議簡體字的理由，似乎更不成理由。

當我們認真考慮一下之後，便知道筆劃簡單、並不表示一定容易學習；筆劃較多，亦並不表示一定難寫難學。因為我們都知道，辨別相近的，愈多特徵愈好。愈容易認出誰是甲、誰是乙。傳統楷書的造字結構有章有法、字形各具「性格」特色，稜角分明、比筆劃簡單的簡體字容易辨認得多。字形太簡，每個字都不過是一、二筆劃之微異，更易弄錯。

如果說楷書筆劃太多、難學。道理亦不充分。遠的不說，只要看看香港，幾十年來，每個讀過六年小學的孩子，成績無論怎樣差，都可以看懂日常印行的報紙和雜誌的中文字。難道香港以外的兒童資質特差，不改用簡體字，便無法接受中文教育嗎？

如果說用簡體字有快速之利，也不太成理由。自古以來，讀書人都講求字要寫得正（統），寫得好。字寫得快又有什麼成就了？

說到楷書已經出現了十六、七世紀，要變、要簡化成簡體字，也不成理由。我們用碗盛飯吃，少也有千年歷史，何不也來一次大改革？楷書沿用至今，不致像篆書、隸書一樣為時代淘汰，實在有兩個主要原因，是推廣簡體字的人忽略的：一是社會的進步、一是楷書的結構充滿藝術性。

社會進步　中止簡化

自秦統一文字後，文字的結構，都朝向簡化走。小篆比大篆簡；隸書比小篆簡；楷書又比隸書簡。大抵由於我國文字的出現，最初是甲骨、石塊的刻鑿、鐘鼎銅器的鑄蝕。字體簡化，便於刻寫。這是一種需要。即使後來發明毛筆，再不用骨角金石，寫在縑帛上、竹簡上。但簡太重、縑太貴，文化的傳播，仍是一件奢侈費時的事。及至唐楷書大盛，字體又易於辨正，宋代發明印刷術，紙張又大量運用，中止了書體繼續簡化的步伐。因為無論用簡體字與否，在印字過程中，還不是同樣的用手拾取字模（或按一下植字機）一個要印的字便找到了？可見書體再沒有大量簡化的需要，也絲毫沒有防礙文化的傳播。

漢字結構　獨有藝術

每一個漢字，都包括了形、音、義的肯定。中國文字的結構，古人歸納出六種造字方法，稱為六書。六書之中，以形聲字最多，既以字形表義、又表聲音。其餘象形、指事、會意的字，它的字形，都表現出強烈字義。轉註則是由本來一字，轉註出另一字來。轉註的條件，應是形似，同一部首的。由此可見，漢字的字形，是佔那樣重要的位置。（六書之中，轉註和假借有人只看作用字法而非造字法。）

漢字的結構，是一門中華獨有的藝術，字體都講求均衡、對稱。結構有法度、嚴謹。無論筆劃是多是少，構成的組合怎樣。造字的章法或嚴整端莊，或錯落疏朗。每一個字，都有它優美之處和帶備「性格」的面貌。例如「哭」字，「笑」字。「喜悅」和「悲哀」；「憤怒」和「愁苦」等等。這一類字，望形生義，已給予我們強烈的感情。

又如讀到擁護的「護」字。立即便產生保護、愛護、護守、護理等珍惜和照顧的聯繫情感意念。但簡體字寫作（护），便斷然喪失上述的情感。反應感受隔膜得多。這種微妙的反應，直接影響閱讀的嗜愛，吸收文句的暢順。只感到眼前和自己傾談的朋友，是架上墨漆的太陽鏡，披上大雨衣的怪客。同是一個人，卻失去原來稔熟可親的臉孔。

只懂簡體字 割絕文化

如果一個人自幼便只學簡體字，豈不是沒有這種文字感情的債？事實上不是這樣，而是更可悲！

一個孩子若只懂簡體字，便不能直接承受，回顧我國幾千年來的文化。縱有千萬珍藏古籍，對他來說一概不懂，形如廢紙。新的一代只能讀簡體字，於是歷代遺留下來浩瀚如海的書籍，無數前人的智慧結晶，一代之間，便被洗抹得乾乾淨淨。難道自古留下來的書刊，都可以用簡體字重印一遍嗎？

對文字的感情

除此之外，中國名山大川，古寺名剎的題字、牌匾石刻，再也沒有人知道是什麼意思！書畫藝術的創造和欣賞，也一定窒步摧殘，會有人把簡體字作藝術品來書寫珍藏嗎？只懂簡體字的人，即使拿到王羲之的蘭亭序真蹟，又會有什麼感想？它的藝術價值又如何？還有無數藝術珍品的題跋，往往有畫龍點睛之妙，若到時只有懂簡體字的人，沒有人懂得欣賞，是多麼的可哀！對中國文化有深厚感情的人，當然不會贊成淘汰楷書了。「看不順眼」是感情的因素。非理智的，唯其是感情的。可見對中國文字的深厚感情，喜愛和珍惜。

智者不為

自秦朝統一文字算起，文字簡化結構是社會的需要，但腳步是緩慢的，每每經歷上百年時間；推動是漸進的；方向是約定俗成，由下而上，先由民間通用，然後追認的。字的形狀變化又不大，而且改動的字體是不多的。所以文字的運用波動不大。反而水到渠成，帶來方便。但如今倡議獨用簡體字，希望用急速步伐淘汰了舊有字體，雖然原意非惡，然奏功心熱，刀快情寡，實在智者不為。

啟蒙教材與今日家教

中國人對兒童教育向來重視。他們向兒童灌輸什麼知識呢?今日又應向兒童作什麼啟蒙教育呢?

幼童家教三方向

古人說兒童七歲入學,其實三歲黃口小兒,已可受教。教什麼呢?當然不是什麼微言大義,愈簡單愈好。筆者認為家教可有三個方向。一是教稚子要與人為善。樂於助人讓人。其次是說話誠實,不作謊言。三是尊師好學,尊師,包括尊敬長輩。能做到三者,看起來有時會吃虧。但有生活經驗的人都知道,許多成大功業的人,往往便是有願意吃虧的性格。寧可吃虧,心裏還是坦蕩的,會得道多助,助力會從各方面而來。那些常使人吃虧的人,即使成大事業,也難保長久,最終都要倒下。

古人對兒童的啟蒙教育,有什麼要求呢?可從三方面說起。

一 立身操守

是待人接物的處世態度,首先要學童安分守己,勤勞整潔。其次是務實節儉,不尚奢華。

稍為深入則說及世事的因果觀念。這比仁義道德的空言立教更好，更直接。

二　多識花鳥草木之名

要使學童對天文地理自然界有簡單的認識。認識生活環境，可說是簡單的博物通識。

三　字詞聲韻的學習

要學童多識字詞，作為學習的基礎。今天眼光看來，何必重視聲韻呢?原來著重聲韻，有助背誦和記憶的訓練，功效不期而至。

簡介啟蒙讀本

下列簡介各種傳統啟蒙書本，其中亦有深淺之分，家長可自行選擇，因才而施教。其實今日社會事態繁雜，各種資訊知識排山倒海而來，故毋須要學童讀完一本又一本。宜擇取每本適合者誘讀，使學子多識中國傳統智慧，扎實為學為人根基。其中《三字經》、《百家姓》、《千字文》是千百年來流傳最廣幼兒最初的啟蒙讀物。

1　《百家姓》

成書於宋初。由當時士大夫編撰。因撰寫於宋朝，故把宋皇室的趙姓編排第一。雖然名為百家，實際上不止百家。其中有單姓，亦有複姓。在師塾時代，老師解說時常涉及姓中名人事跡及地理環境，擴闊學童思域視野。

2《三字經》

宋王應麟著。內容涵蓋了歷史、天文、地理、道德以及一些民間傳說，並勸告學子勤奮，弘揚傳統美德。

3《千字文》

作者梁朝周興嗣。內容包括自然、社會、歷史、倫理、教育等方面的知識，是一部簡約生動的學童百科全書。其行文流暢、氣勢磅礴、辭藻華麗，全文一千字而無重複。

4《幼學瓊林》

明代程登吉著。是學童通識教材。介紹古今人物、天文地理、風俗人情、衣食住行、藝文鳥獸等基本知識。

5《弟子規》

清李毓秀編纂。一部集中於兒童道德訓示的蒙學教材。列舉為人子弟在家、出外、待人接物、求學等應有的禮儀與規範，特別講求家庭教育和生活教育。

6《增廣賢文》

又名《昔時賢文》，是一部集古訓、民諺著述，深具處事和世情哲理。相傳初出於明萬曆年間。後經過明清兩代文人不斷增補，清同治年間周希陶修訂。

7《聲律啟蒙》

清代車萬育、李漁、楊林蘭合編。內文包羅萬象，聲律押韻。讓人欣賞萬物、陶冶性情。

全書按詩韻排列，有三字句、五字句、七字句等。語句流暢，對仗工整，平仄和諧，讀起來朗朗上口。

8 《龍文鞭影》

明人蕭良有編撰，介紹中國歷史人物逸事典故。全書用四言韻語寫成，四字一句，兩句相對，兩句押韻，每句一故事。讀起來抑揚頓挫，琅琅上口。學子易於記誦，適合較年長學童。

9 《朱子治家格言》

清朱柏廬著。說治家立身、說處事方略之言。作者深諳世情，書中載有人生得失經驗，闡述處世道德觀念。在成人指導下，學童將得到較充實處事智慧。

啟蒙教育素材還管用嗎

今天幼兒學童的課本，盡出心思，印刷精美以吸引閱讀。但多的是各種知識的傳播。而於智慧的啟發，人性道德的認知，中華民族賢人智者的事跡相對不多，我們是否可以古為今用，參考一下昔日的啟蒙教材呢？

唐詩緣何橫空出世

唐詩是中國文化一大瑰寶。它孕育著中華民族那壯闊無邊的氣魄、瑰麗的想像力、和那悽惋柔情、淡雅古樸的心懷。朗誦唐詩更是聲韻鏗鏘、節奏明快，有一種痛快之感。即使是最深沉的感情，唐詩也可以藉著簡潔的文字，自然的音調表露出來，得到賺人共鳴的唱和。

唐詩的藝術成就

唐詩的藝術成就是多姿多采的。唐代詩人善用精確的文字描繪出姿采繽紛的藝術意境：有雄渾壯麗、有慷慨悲涼；有蘊藉含蓄、有直抒胸臆；有繁華瑰麗、有辛酸哀鳴。有凝聚、有奔放；有雋逸、有悽惋。唐詩描述的人間故事，亦有眾多不同的面貌：有富貴榮華的社會、有理想政治的謳歌；有追求功名的赤熱、有蔑視權貴的自我；有人間苦難的酸楚、有雄豪吐志的驥望。唐詩的營造變化多端，一時間唐代天地中走出許多一等一的詩人來。他們都有真摯的感情和偉大的想像，共同起來締造詩篇華章。何以唐代忽然間跑出這許多卓然不凡的詩人呢？

唐代社會豐潤詩歌內容

唐詩的出現和流行，有幾個主要原因。隋朝既統一中國，文化南北交流日盛。先是六朝齊梁浮華詩風彌漫，隋文帝下詔屏絕輕浮文風。到了唐代，文人漸漸愛脫離浮艷。唐初魏徵、虞世南以歌頌昇平，箴規時政取代艷情閒愁，但內容畢竟流於空洞，缺乏心底真情。及後初唐四才子王勃、楊炯、盧照鄰、駱賓王追求解放，標舉儒家精神，使詩歌從臺閣移到山川塞漠，甚而市井生活，以豐富生活內容充實詩篇，不自覺滲出建安文學傳統。

隨之陳子昂高舉建安風骨，突破儒家說教，反對詩的內容競麗的形式，主張詩的內容寄懷，要抒寫人生理想和慷慨意氣。他的詩充滿熱情、朝氣和活力，即使在政壇失意時也沒有牢騷，〈登幽州台〉之作仍是天高地廣，沒有傷怨，只化為悲涼之情。張九齡支持陳子昂之見，抒寫志士高節的追求。另作如〈望月遠懷〉則風格清雅，惋轉惆悵，都為唐詩開闢了以情韻取勝的格局。同期的張說，詩風剛健朗暢，志氣昂揚。

確定唐詩音律格局

南北朝時，梁朝讀書人沈約根據漢字平上去入四聲和雙聲疊韻、來研究詩歌中音律的配合，提出四聲八病說。王融謝朓等詩人又把這種規則和晉宋以來詩歌中排偶、對仗形式結合，創造新詩體。其時隋朝詩歌中一些已暗合格局。到唐初四傑，七絕愈見精工，漸漸促進律詩的定型。到了沈佺期、宋之問手中，律詩已嚴謹對密，在平仄，每首詩句數多少和用韻方面固定下來，成了明確的規範，成了定型基本的詩作體裁。其後歷代千年的詩人，都愛運用這種形式寫詩，產生許多傳誦不衰的優秀作品。

競作唐詩　事出有因

唐詩得以蓬勃發展，因當代帝主的喜愛。帝王和權貴（如張說、張九齡）都愛論詩獎拔寒素，提倡風雅。另一更重要原因是唐代科舉取士，寒微才子可以透過詩作而登朝堂，亦可以一鳴驚人，朝野傳誦。原來唐代科舉考試，按理必考五經。當時對五經解釋，以孔穎達著《五經正義》為正確。而當時士人背誦能力極強，每個士子此題都答得穩妥，難分等次高下。但詩作才華成就差別甚大，故無形中以士人文章中詩賦才華來品評取士。作詩成了士人入仕登龍之徑必然工具，詩人也窮其心智造詩，藉以顯露才學。許人認為這是唐詩發達主要原因。

唐詩體裁　千年鍾愛

唐詩之閃耀文壇，和大唐帝國雄邁氣象，社會豐盛的活動不無關係。自李唐一統中原，版圖遼闊，社會繁榮，物質豐裕，刺激到時人活躍於新生活、新境界。詩人都有欣逢盛世的自豪，眼界擴闊，胸襟拓展，每每影響他們創作的視野和情緒。唐代詩人輩出，各有成就，各創作藝術意境，詩才之湧現，歷代所無。

及至唐室崩頹，民生困頓，社會環境為之一變。時人淒苦孤怨情懷，可藉唐詩以精簡文字，直述胸臆。而明快節奏，深入人心。唐詩內容可以包羅萬象，極易惹起大眾共鳴，所以無論世道盛衰，均無損詩人創作之喜愛。而唐詩格律精神，延至後代千年，為歷代文人鍾愛。因唐詩可以吟詠性情，可以申言吐志。時至今日，縱然不作唐詩，亦愛唸唐詩，唐詩之寶貴，可見一斑。至於唐詩成就，光耀古今唐代詩人，若無認識，乃讀書人一大憾事。

唐詩脈絡與流派

唐詩主題、藝術風格和內容豐富多姿，大抵可依唐朝社會政治氣候而分述。

盛唐詩歌　熱情浪漫

盛唐的詩歌主題帶著積極進取的情懷，寫日常生活感受。由於唐代帝主開科取士，寒微讀書人可藉才學進入管治階層，當代文士大都有以天下為己任的抱負，希望能一朝上青雲，展壯志。所以詩歌達觀開朗，充滿活力，體味人生，欣賞自然，表現高尚品格和真摯感情。

盛唐精神乃指開元時期，天寶之亂未起之時。此時期詩風浪漫樂觀，李白是這個時期的健將。他繼陳子昂之後，總結詩歌革新理論，結合建安風骨把歌頌聖明轉而歌頌人生理想。到天寶時期，社會時弊漸現，杜甫發揚樂府之哀樂格調，創作許多反映民生疾苦的詩篇。杜甫矯正時人只重建安風骨的弱點，強調在藝術上學習齊梁清麗章句的必要。李白和杜甫的理論和詩作，將唐詩推到至高境界。

田園詩和邊塞詩

由於李唐統一南北，交通發達，文人雅士都愛旅行，欣賞湖光山色。而所到之處，又有當地文人設宴相待，不免賦詩暢懷，當中少不了留情送別詩篇，故詩歌盛極一時。其次盛唐統治者粉飾太平，好求隱逸之士入仕為官。文士隱居泉林，求仙學道，反而成了攫取權位的終南捷徑，這些文人不免賦詩自賞自鳴，成一氣候。

此外，斯時高官豪族，擁有園林池館別墅，喜招待宴遊，未嘗沒有賦詩一番。這些田園詩作，拓闊胸懷。詩人以精煉詩句，表現壯美優美，開朗深遠的意境。田園詩以王維，孟浩然最為享譽。王維筆法雄健，情韻深長。被譽為詩中有畫，亦畫中有詩。他寫竹林、蓮花、漁舟，石上清流都充滿韻動的生命力，宛若優美抒情曲。孟浩然則以白描手法，不事雕琢，渾然天成，創造融和沖淡意境，為人樂賞。

從貞觀到天寶百多年中，唐室開疆闢土，邊塞詩已入寫作題材。當時文人不乏雄心壯志，嚮往邊塞軍旅生活，一時間大量這類作品出現。詩歌描繪出祖國遼闊壯麗面貌，也有充滿高亢悲壯雄渾畫面。其中以高適岑參為代表人物。盛唐尚有其他著名邊塞詩人。如王翰的〈涼州詞〉，陳陶的〈隴西行〉寫戰事殘酷，戰士妻子深閨戀盼的好夢終成空，浪漫與憂戚融為一體。至於王昌齡的〈出塞〉，更被唐人推為七絕壓卷之作。

元白淺易　韓孟奇僻

安史之亂後，社會由盛而衰。詩壇上也由浪漫主義轉而為現實主義。由盛唐轉向中唐時期，詩風有三種傾向。先是詩人寫出反映社會現狀作品，由昔日讚頌變為規諷時弊。有寫官兵欺壓良民，民不聊生困境；也有寫布衣不遇之悲，以顧況、韋應物為代表。另一類作品寫干戈不息，十室九空悲哀。當中不乏流落江南，逐客嗟歎的作品。再一類是感懷身世之作，則吐詞委婉，境界空明。

及後詩人白居易，元稹出現，創作風格走向淺易方面，寫生活小詩，老嫗能解為尚。另受當時盛行傳奇及變文影響，喜在長詩中述說故事。白居易的〈長恨歌〉和〈琵琶行〉，被人長誦至今。與元白並立的是韓孟奇僻的風格。不過，孟郊〈遊子吟〉寫春暉慈愛，溫厚平和，屬性情之作。此外，劉禹錫的〈烏衣巷〉從蒼茫蕭條意境，盡道無奈的人事滄桑，感人至深。

晚唐詩壇　李杜情深

從唐文宗到唐末，是文學上晚唐時期。代表詩人是杜牧和李商隱。杜牧出自世家，懷有抱負的詩人。但有志難伸，遂流連風月。他以詩句「十年一覺揚州夢，贏得青樓薄倖名」自嘲。杜牧詩風至具風骨，描繪男女之情悱惻而不儇薄，感情真摯，留下不少為人喜愛名句。

李商隱是無恨無悔情深的大詩人，出身較貧苦，深諳世態炎涼。因牽涉朝中牛李黨爭，一生鬱鬱不得志。李商隱的詩好用僻典，想像奇幻，風格纖濃瑰麗，內容有一種悵惘迷濛之美。對逝去事物每有追戀傷痛，直入人心。他有一類無題詩，內容隱晦淒迷，難以理解，惟美感不言而喻，讀者卻可以會意感動。其中〈錦瑟〉之作，惹來最多岐解，但其成就卻一致公認。那句「滄海月明珠有淚，藍田日暖玉生煙」被譽瑰麗絕倫，無懈可擊的絕對，留下千年以來的讚賞。

李白兩小無猜到抽刀斷水

李白詩〈靜夜思〉最膾炙人口。正是「牀前明月光，疑是地上霜，舉頭望明月，低頭思故鄉。」這是黃口小兒可誦可解的詩歌，有上千年歷史。突然，有文友對我說，這不是李白作的。以李白這樣的大詩人，哪有在二十字中，用了兩次「明月」？思之不無道理。

李白煮字鑄詞　構思精妙

幾年前，聞說有讀書人留學日本，讀得唐人傳至日本不同版本的〈靜夜思〉，證實果然沒有兩次「明月」。後來筆者翻閱手中清乾隆王琦校訂的《李太白全集》（中華書局），原來〈靜夜思〉確是沒有「明月」，而是如下文字：

牀前看月光，疑是地上霜。
舉頭望山月，低頭思故鄉。

讀到這首「古本靜夜思」，真是有點失望。但幸好不知哪個好事者把它改了，改得很好啊！這如金庸把元好問的「道人間，情是何物，直教生死相許？」改成「問世間，情是何物，直教生死相許？」把輕怨變為噴薄激情，更能廣傳後世。

其實，李白真是個曠世詩才，他在一首詩中，首二句竟連用三個相同的字，再兩次用兩個相同的字，然詩味悠然，古意盎篇。且看四句〈登金陵鳳凰臺〉（原律詩八句）：

鳳凰臺上鳳凰遊，鳳去臺空江自流。
吳宮花草埋幽徑，晉代衣冠成古丘。

上文十四字中用三個鳳字，兩個凰字，兩個臺字。律詩兩句只用十個字便可，一絕！歐陽修〈蝶戀花〉的「庭院深深幾許深」一句重複三個「深」字而用得巧妙，歷來引為美談。而李白〈夜坐吟〉中連用三個「夜」字，「冬夜夜寒覺夜長」卻無人提及，真替李白不值！李白是浪漫派詩人，但亦有俏皮時候。唐人筆記傳說：

微時，募縣小吏。入令臥內，嘗驅牛經堂下，令妻怒，將加詰責。太白以詩謝云：
素臉倚欄鉤，嬌聲出外頭。若非是織女，何必問牽牛。

筆記說李白最初應徵縣中小吏，曾牽牛經屋內，縣令妻正要責備他，他卻說你並非織女，何必關心我牽牛的事呢？情景風趣可喜。請注意他的詩用「外頭」、「何必」，和今日香港人用語正相同。

長干行青蔥婉雅　寫盡真情

文人筆下說情侶自幼認識，感情契合而成夫婦，都愛用「青梅竹馬，兩小無猜」。可知這兩句話，正正出於李白的〈長干行〉？李白以絕詩律詩於時人見稱，樂府詩〈長干行〉多為人所忽略。今見詩如下：

妾髮初覆額，折花門前劇。郎騎竹馬來，遶牀弄青梅。同居長干里，兩小無嫌猜。十四為君婦，羞顏未嘗開。低頭向暗壁，千喚不一回。十五始展眉，願同塵與灰。常存抱柱信，豈上望夫臺。十六君遠行，瞿塘灩澦堆。五月不可觸，猿聲天上哀。門前舊行跡，一一生綠苔。苔深不能掃，落葉秋風早。八月蝴蝶黃，雙飛西園草。感此傷妾心，坐愁紅顏老。早晚下三巴，預將書報家。相迎不道遠，直至長風沙。

長干是地名，南京有長干里。李白化作一年輕女子下筆，掛念遠行丈夫，勾起童年相處之樂，初婚的甜蜜和分離的痛苦。全詩以年幼天真無邪相識開始，結成夫妻後慢慢相投相愛才愛得緊貼。「低頭向暗壁，千喚不一回」點出女兒家不更事的純真可愛。後段為擔心丈夫的安危，為坐愁紅顏老而焦灼。顯出作者觀人於微，點出妻子對丈夫的誠摯之愛，令人感動。結語以不惜赴遠迎接丈夫回家，使人讀來內心舒暢，欣賞到圓滿結局而快慰。作者在短短故事中，牽動了讀者喜樂哀愁的情緒，不愧是出色高手，此詩為時人忽略真可惜！

詩文雄豪肆放　刻畫世情得失

李白人如其詩，雄豪肆放。如〈長干行〉婉約之作不多。有說李白行止亦豪邁。傳聞開元中李白見宰相，遞上名片自署是「海上釣鰲客李白」。宰相問：「先生臨滄海釣巨鰲，以何物為鉤線？」李白說：「以風浪逸其情，乾坤縱其志，以虹蜺（彩虹）為絲，明月為鉤。」宰相說：「以何物為餌？」李白說：「以天下無義丈夫為餌。」旁人想不到他這樣張狂，盡皆驚悚。

李白以詩稱著，惟其文亦極出色。三十歲時寫〈上韓荊州書〉自稱自許，雄瀚飛揚，但絕不令讀者生厭，正是其本領。文中「一登龍門，聲價十倍。」、「倚馬可待」均出自筆端。在〈春夜宴桃李園〉中，更有名句「浮生若夢，為歡幾何。」何以是「浮生」呢？大抵認為人生如默默河水，靜靜逸流。不過絕不能自主，命運如隨流水之漂泊，一切如夢虛幻不可持，而歡樂時光又有幾許呢？四個字筆下珍戀光陰，感慨無限。

浪漫情懷　生死如是

李白名詩名句不少，獨賞「抽刀斷水水更流，舉杯消愁愁更愁」兩句。如此平凡常見景象，比喻卻如此生動貼切，意境在李白筆下頓時昇華。若非天縱才華於胸臆，若非人生得失深刻之體會，豈能直道如此人心滄桑之慨歎？再與春花怒發少年情之〈長干行〉相提，真如春花秋月、夏暑冬寒，悲歡離合一世情，隱然灑脫筆墨之間。

李白辭世，亦充滿浪漫情懷。有說李白身穿宮錦袍，傲然自得，遊采石江，因醉入水捉月而遇溺。梅聖俞有詩紀其事：「采石月下逢謫仙，夜披錦袍坐釣船。醉中愛月江底懸，以手弄月身翻然。不應暴落饑蛟涎，便當騎鯨上青天。」此詩多方傳誦，李白便隨月而去。

其實這不過是美麗的誤會，李白暮年依附族叔當塗令李陽冰，六十二歲病危時，在病榻交文稿請代之結集作序，方為事實。

杜甫追慕詩聖李白

讀小學的時候，老師便教我們唸唐詩。當時大家背得最起勁的是：

車轔轔，馬蕭蕭。行人弓箭各在腰，爺娘妻子走相送，塵埃不見咸陽橋。牽衣頓足攔道哭，哭聲直上干雲霄，……【註】

因為這首詩聲韻鏗鏘，極有音樂節奏感，還帶出一副志氣昂揚、威武十足的壯觀場面，同學們不約而同的喜愛。忽然，有個同學問老師，為什麼有人會哭啊？還哭得這樣厲害？當年，我們這群無知稚子，能從詩歌中見到壯麗的畫面，但不能體會到人家父子母子生離死別的哀慟。

這首出自杜甫手筆的〈兵車行〉，頓使我想起陳陶的〈隴西行〉：「誓掃匈奴不顧身，五千貂錦喪胡塵，可憐無定河邊骨，猶是深閨夢裏人。」昂揚貂錦的戰士，轉眼間暴屍河畔，白骨纍纍，徒令深閨寂寞人牽腸掛肚。無論侵略之戰，或正義之師，戰爭總是製造人間災難慘劇。

杜甫追慕李白　賦詩懷念

李白和杜甫詩仙詩聖兩大詩人，互相認識，這是文壇佳話。杜甫賦詩掛念李白，但李白寫給杜甫的卻罕見。有人認為李白成名早，年紀比杜甫大，對於這位詩壇小弟，只是一般的酬唱。而杜甫卻是欣賞追慕李白的，故而失去李白訊息後，十分掛念。筆者嘗見杜甫撰念李白的詩共十一首。其中有「三夜頻夢君，情親見君意」之句。較著名的是刊於《唐詩三百首》的〈夢李白〉。從這首詩句中，杜甫恐怕李白已遭不測。下錄：

死別已吞聲，生別常惻惻。江南瘴癘地，逐客無消息。
故人入我夢，令我長相憶。君今在羅網，何以有羽翼。
魂來楓葉青，魂返關塞黑。恐非平生魂，路遠不可測。
落月滿屋樑，猶疑照顏色。水深波浪闊，無使蛟龍得。

多情卻似無情的〈贈衛八處士〉

李白的詩，有如段譽亂舞六脈神劍，飛揚跳脫，瀟灑凌厲。杜甫的詩，則沈沈穆穆，內勁淳和，自有一度罡風默然臨近，籠罩渾身，有如掃地僧之澎湃柔勁，不可抗拒，卻振動心弦。杜甫較李白年輕，親身經歷唐代社會之盛衰，親身經歷安史兵災民間離亂窮困的社會。本身又不得志，流離顛沛。所以杜甫筆下常出現哀痛時疾，悲天憫人的詩句，反映出他那悲憫心腸，於是悠然創作，擘劃出一些史詩式巨著，傳誦千載，令人讚歎。今錄較少人留意杜甫的〈贈衛八處士〉，詩句感情豐富，滲露珍惜友情的美善，感歎時日遷變之滄桑。

人生不相見，動如參與商。今夕復何夕，共此燈燭光。
焉知二十載，重上君子堂。昔別君未婚，兒女忽成行。
怡然敬父執，問我來何方。問答未及已，兒女羅酒漿。
夜雨剪春韭，新炊間黃粱。主稱會面難，一舉累十觴。
十觴亦不醉，感子故意長。明日隔山嶽，世事兩茫茫。

衛八是杜甫的朋友，排行第八。處士，是飽讀詩書的人而不求功名，不為官的人。參與商是天上兩顆星，一起必一落，永不相會。此詩大概是乾元二年春，杜甫從洛陽回華州時作。全詩寫與好友分別二十年後再重聚，寫世事滄桑多變，人生際遇難料。其中的朋友多已逝世，自己和摯友又年紀老邁，不知何日再敘，流露出內心的無奈淒酸。

杜甫在悲歎中寫出乍遇的歡欣，寫出好友兒女懂事有禮，對稀客好奇的真摯場面，寫出粗茶淡飯帶來的溫馨熱情，令人身同感受。最後以分手在即，既傷感傷神，又覺前路茫茫，帶來絲絲淡淡哀愁，茫茫默默感動人心。

貧窮而富足的偉大詩人

杜甫生命歷程每潦倒失意，疲於奔命。但在創作藝術成就卻豐采多姿。各種詩體都難不到他，其詩歌除憂國憂民外，對大自然穹蒼讚美，人生的得失際遇，都使讀者極易產生共鳴，或帶來超然的啟迪。其作品《杜工部集》存詩逾千首，為多產作家。杜甫自宋代起被文壇奉為詩聖，與李白的詩仙美譽雙璧並峙，鎮耀詩壇。他是唐代最偉大寫實主義詩人，筆者朋友之中，經歷世情愈深者，愈愛杜甫。

杜甫雖說貧窮，只是運蹇時乖。其實他出於書香世代之家，家學淵源。杜甫的祖父杜審言是知名政治家和詩人，有顯赫的先世。他曾說自己「同學少年多不賤，五陵衣馬自輕肥」之句。他的憂患經歷，和學養仁心，成就了他在詩壇卓犖的功業。我們讀過不少名句，都是杜甫的手筆，今摘錄於後。

國破山河在，城春草木深。（〈春望〉）
烽火連三月，家書抵萬金。（〈春望〉）
露從今夜白，月是故鄉明。（〈月夜憶舍弟〉）
飄飄何所以，天地一沙鷗。（〈旅夜書懷〉）
冠蓋滿京華，斯人獨憔悴。（〈夢李白〉）
千秋萬歲名，寂寞身後事。（〈夢李白〉）
朱門酒肉臭，路有凍死骨。（〈詠懷五百字〉）
文章千古事，得失寸心知。（〈偶遇〉）
花徑不曾緣客掃，蓬門今始為君開。（〈客至〉）

正是江南好風景，落花時節又逢君。（〈江南逢李龜年〉）

此曲只應天上有，人間那得幾回聞。（〈贈花卿〉）

出師未捷身先死，長使英雄淚滿襟。（〈蜀相〉）

除了憂國憂時外，杜甫也有為人忽略輕鬆小巧的作品。見〈江畔獨步尋花〉：

黃四娘家花滿蹊，千朵萬朵壓枝低。

留連戲蝶時時舞，自在嬌鶯恰恰啼。

全詩寫春光瀉滿小蹊邊，用「時時」、「恰恰」通俗的口語，使全詩充滿活潑生趣，眼前蝶舞鶯歌，春意盎然，何等輕快？不署作者姓名，很難想到便是杜甫的詩歌，想來他那失意的生活中，總有遇到陽光綻放，清風入懷的一天吧！

【註】此詩讀作兵車（居）行，尚有下文，今不盡錄。車字粵音亦讀「奢」音。此處宜讀古音「居」。車字連馬字亦宜讀「居馬」。如象棋中車、馬，應讀「居馬」，不讀「奢馬」。

李商隱有愛無償的〈錦瑟〉

說來奇怪，筆者中小學均愛讀詩詞，但從未在學校讀過〈錦瑟〉。李商隱的〈錦瑟〉是在快要中學畢業時，無意中在電台聽到吟詠的。當時心神立即被優美的詩句懾住，整個人頓時安謐下來，但感一陣茫然，卻感受著一種朦朧之美。

〈錦瑟〉首兩句是「錦瑟無端五十弦，一弦一柱思華年。」我想，是李商隱五十歲時寫的吧，所以詩意是那末滄桑。而聆聽時心情也莫名其妙地茫然悽愴。其實，那年才不足二十歲。而後來知道李商隱寫此詩時，實在不到五十歲，他那悲愴的生命只有四十八載。

茫然悲戚的〈錦瑟〉

李商隱的詩，隱晦、情深、瑰麗、對仗工整、善用典故，都是其特色，尤以隱晦的《無題》詩稱著。當年冬烘老師說李商隱仕途愛情均失意，憤而為詩。但筆者認為詩人雖然官場失意，但能寫出「蠟照半籠金翡翠，麝熏微度繡芙蓉。」這樣瑰麗的場景。而又「向晚不適意，驅車登古原。」足見生活不成問題。窮困的杜甫，便沒有這樣繁華寫意的描述。所以李詩的隱晦，都是癡情無奈，鬱結難抒的愛情詩。而〈錦瑟〉一詩，除包羅上述個人特色風格，更是吞吐沈鬱胸懷的佳作。

隔了許多年，還是忘不了〈錦瑟〉哀傷之美，也是迷矇之美、瑰麗之美。此七言律詩雖然只得八句，但含義極隱晦，後人幾種註疏每一句都有不同解註。即使首句「錦瑟無端五十弦」便引出疑問，何以無端呢？是五十條弦線吧？有說古來從無五十條弦線的瑟，有說古瑟是五十弦的。亦有說瑟本來是廿五弦的，若一對錦瑟放在一起，便有五十弦了，解釋模稜兩可，任人選擇了。詩人又何以說無端呢？無端，即具體如此，確有其事才說無端，總之詩人眼中確有五十弦了。唉！如此尋章摘句，徒生煩惱而已，不如自解自唱好了。今吟誦一次：

錦瑟無端五十弦，一弦一柱思華年。
莊生曉夢迷蝴蝶，望帝春心託杜鵑。
滄海月明珠有淚，藍田日暖玉生煙。
此情可待成追憶，只是當時已惘然。

意述

李商隱想藉錦瑟表達什麼？讀遍詩人愛寫的〈無題〉詩後，終於捉透詩人的心意。是詩人多情無奈，愛意情深有去無償之痛。此難言宣之於口之深情，只能藉著眼前錦瑟，抒發胸臆滿懷悲怨；又自我開解，把悠悠情意，寄散於混沌紅塵之中。今試猜述詩人原意：

是眼前的錦瑟，是五十條弦線，便像自己年華數十，一一出現於思緒之中。是啊！想到莊子白日造夢，夢中自己是蝴蝶。是不是我也原是蝴蝶，如今化作為人呢？唉！人生便是這樣虛幻，這樣令人迷惘費解。

蜀國的望帝被臣子竊位，後來化為杜鵑，終日只有悲啼，又有什麼用呢？這樣能得到失去的嗎？傳說南方滄海的人魚，月夜被漁夫捕獲了，流下淚來。漁夫見他可憐，把他放回海中。人魚的眼淚，竟變成珍珠，把珍珠送給漁夫，多謝他的美意。漁夫美善之心，終究得到回報，是那麼令人羨慕啊！

想到韓重與吳王女兒紫玉相遇於玉陽山，因而相戀，但為吳王所阻，紫玉鬱鬱而終。韓重趕到墓前，紫玉白日自墓中飄出。韓重便上前擁抱她，而紫玉則化為一縷青煙而去。正是藍田日暖，良玉生煙，可望而不可即！唉！人，縱然如何努力，再也得不到心愛的人了，世事便是如此無奈啊！

這等情意綿綿、可愛可戀的時刻，往往迷迷惘惘，不知珍惜。只有過後才追憶追悔，是多麼的愚昧，但又多麼不能自持啊！

賞析

語體文的譯述，當不及原意萬一。李商隱情才無限，但一生失意。詩風纏綿悱惻、淒苦瑰麗而又意境優美。〈錦瑟〉既有他的淒美風格，更多了一份世事無奈的滄桑，暗藏死別難追的傷逝。

七言律詩第三四句和五六句講求對偶。李商隱在〈錦瑟〉中，第三四句「莊生曉夢迷蝴蝶，望帝春心託杜鵑。」以「莊生」和「望帝」相對，又以「迷蝴蝶」對「托杜鵑」。莊生和望帝兩人都是心事迷惘，生而痛憾的。第五六句「滄海月明珠有淚，藍田日暖玉生煙。」以「藍田」對「滄海」，以「珠」對「玉」，以月明之夜對麗日中天。典故中一則有報，一則無償，情景皆哀傷動人，淒美無儔。這首詩的對偶被認為詩壇典範，盡顯作者才華功力。筆者更認為此乃晚唐詩人李商隱代表之作。

杜牧詩文冠絕一時

時近清明，自然想起杜牧的「清明時節雨紛紛」。筆者對此七言絕詩，第四句「牧童遙指杏花村」頗有疑問。因為全詩讀來音韻不合。末句「遙指杏花林」更合。因紛、魂、林更合韻。而林中深處有人家沽酒沽食，更配合「遙指」。全詩似乎應作：

清明時節雨紛紛，路上行人欲斷魂。
借問酒家何處有，牧童遙指杏花林。

晚唐詩人以「小李杜」作品稱著，即李商隱與杜牧。「李杜」則指李白與杜甫。〈清明〉一詩中「村」字和「林」字一筆之差，若有人抄寫有誤，傳下來見出自大詩人杜牧之手，又有誰人敢擅自更改了?故筆者認為這是今日的疑案。

杜牧唐代詩人，出身高門士族，祖父杜佑是有名的宰相。大和二年（公元828）進士，曾任牛僧孺書記，後為地方官。年輕時寫〈阿房宮賦〉即驚動文壇。其為人文采風流，人亦風流。

杜牧阿房宮賦　才華畢露

杜牧的〈阿房宮賦〉在唐代一出，已立即引起哄動，相爭誦讀，士林驚嘆。此文結構嚴謹，筆法凝練。文章不光描述阿房宮富麗、帝王奢豪的彩艷浮華畫面，還帶出發人深省的題旨。全文用詞選字精煉，聲韻鏗鏘，氣勢雄邁，是一篇極精采的文章。見下文：

六王畢，四海一。蜀山兀，阿房出。覆壓三百餘里，隔離天日。驪山北構而西折，直走咸陽。二川溶溶，流入宮牆。五步一樓，十步一閣。廊腰縵迴，簷牙高啄。各抱地勢，鈎心鬥角。盤盤焉，囷囷焉，蜂房水渦，矗不知其幾千萬落。長橋臥波，未雲何龍？復道行空，不霽何虹？高低冥迷，不知西東。歌臺暖響，春光融融。舞殿冷袖，風雨淒淒。一日之內，一宮之間，而氣候不齊。妃嬪媵嬙，王子皇孫，辭樓下殿，輦來於秦。朝歌夜絃，為秦宮人。明星熒熒，開粧鏡也。綠雲擾擾，梳曉鬟也。渭流漲膩，棄脂水也。煙斜霧橫，焚椒蘭也。雷霆乍驚，宮車過也。轆轆遠聽，杳不知其所之也。一肌一容，盡態極妍。慢立遠視，而望幸焉，有不得見者，三十六年。【註】

攝影機的角度 描繪場景

杜牧描述阿房宮，筆法利落，第一段已帶動讀者的眼睛去暢遊天下第一宮殿，使讀者得到目睹華麗宮殿的視覺享受。文首第一句「六王畢，四海一；蜀山兀，阿房出。」十二個字用韻急峻，先聲奪人，簡捷地交代了阿房宮的背景。繼而帶動讀者的視覺去感受阿房宮建構宏大與精緻之美。

杜牧文筆令人激賞之處，是在千多年前竟能以現代攝影機的角度去描繪場景。寫阿房宮「覆壓三百餘里，隔離天日。驪山北構而西折，直走咸陽」是以親臨高空俯瞰的角度去看阿房宮；「廊腰縵迴，簷牙高啄。」是仰角的盼視屋宇；「盤盤焉，囷囷焉，蜂房水渦。」是把鏡頭拉闊，以宏觀的角度去看一組組的亭臺樓閣；「長橋卧波，未雲何龍，……高低冥迷，不知西東。」則將讀者視野隨鏡頭而推轉，把讀者直接帶入圖畫之中。

除了視覺的描述，杜牧還用聽覺和感覺的描述，使讀者得到親臨其地的感受而產生共鳴。「歌臺冷暖，春光融融。」既有視聽之娛，亦感聲色之盛；「舞殿冷袖，風雨淒淒。一日之內，一宮之間，而氣候不齊。」以氣候不同來形容宮殿佔地之廣袤。使人感受阿房宮的偌大無疆。筆法英奇，千年一絕。

描述人物百態　譬喻恰切

杜牧除了描述阿房宮景物外，把筆鋒一轉，在次段描述人物動態。他把王子皇孫、妃嬪等人為取悅秦宮權貴，拋卻自尊，阿諛承歡之態形容極致。寫宮人梳妝打扮，極盡媚麗。「明星熒熒，開妝鏡也，綠雲擾擾，梳曉鬟也」，「雷霆乍驚，宮車過也」都充滿電影感。然縱使如此，帝主亦未必賞幸。作者用「幔立遠視，而望幸焉」八個字，點染出一幅美人環立，生動而無奈仰待寵幸的場面。上一段是靜態的描述，這一段是動態的描述，動靜交替，使文章充滿生機。

〈阿房宮賦〉這篇散文，用字精煉，音韻鏗鏘。朗誦時步步進逼，往復吞吐，精妙暢朗。我們可以欣賞到杜牧的奇宏構思，此文傳誦千年，絕非徒得虛名。

杜牧詩句神思逸遠　撫人心竅

世傳杜牧詩歌多得人喜愛，易朗朗上口。名句不少。今摘錄幾首於後：

風格清麗閒致：〈秋夕〉

銀燭秋光冷畫屏，輕羅小扇撲流螢。
天階夜色涼如水，臥看牽牛織女星。

〈泊秦淮〉

煙籠寒水月籠沙，夜泊秦淮近酒家。
商女不知亡國恨，隔江猶唱後庭花。

緬懷少年行：〈贈別〉

娉娉裊裊十三餘，豆蔻梢頭二月初。
春風十里揚州路，捲上珠簾總不如。

〈寄揚州韓綽判官〉

青山隱隱水迢迢，秋盡江南草木凋。
二十四橋明月夜，玉人何處教吹簫。

〈遣懷〉

落魄江湖載酒行，楚腰纖細掌中輕。
十年一覺揚州夢，贏得青樓薄倖名。

傷逝前朝：〈江南春〉

千里鶯啼綠映紅，水村山郭酒旗風。
南朝四百八十寺，多少樓臺煙雨中。

〈赤壁〉

折戟沉沙鐵未銷，自將磨洗認前朝。
東風不與周郎便，銅雀春深鎖二喬。

世傳杜牧另有風流韻事，創作名句「綠葉成蔭子滿枝」。據〈悵詩〉小序說：「牧佐宣城幕，遊湖州。刺史崔君張水戲，使州人畢觀。令牧閒行閱奇麗，得垂髫者十餘歲。後十四年，牧刺湖州，其人已嫁，生子矣，乃悵而為詩。」原來杜牧為官時郊遊，忽遇一髫齡少女，秀麗無匹。杜牧便要娶之為小妾。其母以女兒年齡尚幼不允。杜便約十年後再來娶她。十四年後才舊地重臨，此女已婚並育有兒女。杜牧嗒然若失，作詩以紀其事。詩云：

自是尋春去較遲，不須惆悵怨芳時。

狂風落盡深紅色，綠葉成蔭子滿枝。

尚傳杜牧年青時愛冶遊。唐人筆記說杜牧為宰相牛僧孺下屬時，牛僧孺對他說當地治安不好，要謹慎，少夜歸。當時宵禁，夜行要有竹片類通行證。杜牧說自己不會夜遊，請放心。牛僧孺聽後莞爾而笑，命僕人取出儲起半籮竹片給他看，都是他的夜歸通行證。杜牧頓時尷尬愕然，默然無語。牛僧孺也沒作聲，兩相知心。

【註】今只引全文前段，〈阿房宮賦〉尚有下文。

宋詞伴音樂而生

詞又稱長短句，最初被看成另一詩體，有詩餘之稱。詞到了成熟階級，成為我國文學新體裁。以宋代成就最高，故稱宋詞。

詞律比詩律更多規範

詞與音樂有極密切關係，配合音樂而出現。詞體看似長短句不甚整齊，其實格律比詩更嚴格，文句中字數多少有定數，句之長短有定式、韻之平仄有定聲。

詞的出現因受外族音樂傳入影響而生。西晉時外族入侵中原，輸入大量胡樂。隋唐之際社會盛行西涼樂、龜茲樂，玄宗時設教坊和梨園，成了唐曲總匯。初時俗樂流行，曲詞內容俚俗粗蕪。中唐時詩人加入依曲填詞，提高詞的質素。一些詩人如白居易劉禹錫等，首先打破詩體每句字數一律的格局，依譜填詞。後來有人創新譜、寫新詞，風格和詩便有明顯分別，風行一時，得到輝煌成就，成為新體裁的韻文。

詞的創作有兩種入手方法。一類曲譜在先，再配上文句，先聲後詞，故稱「填詞」。另一是先詞後聲。樂府詩體有詩句在先，再由人作曲配樂。南宋時，有詞人索性自己作曲，兼自填詞。有作者用前人所填的詞，作聲律定格標準，再按譜填詞。每種詞調有不同的句法、長短、韻位。每個詞調都有名稱，叫詞牌，唐末時有詞調數百。如「虞美人」、「蝶戀花」、「菩薩蠻」詞牌等等。不同詞牌的句式長短不同，依節拍而定。用字注重平仄，並講究四聲，陰陽、清濁、輕重。比作詩更為嚴格。

詞的成長

詞的出現固受胡樂入中國影響，也有社會因素、政治因素及文學因素。詞因樂曲需要，亦因樂曲發達而成長。北宋統一中原，休生養息，商業繁盛，人民生活安逸，不免徵歌逐色，人民在生活酬酢中促進歌舞曲藝發展。當時君主貴族耽於宴樂，雅好詞曲，鼓勵提倡兼而有之，造成好詞風尚。士子以此顯露才華，邀譽權貴，因而詞風大盛。此外，唐詩成就太偉大，佳作太多，再難以逾越前人。詩人見有新體韻文出現，都樂於轉往填詞之途。把文學生命，寄托於音樂生命之上。

唐代出現詞之面貌

敦煌已出現曲子詞，詞句蕪野，出自民間，內容反映當時生活，言及男女之情甚少。中唐後，詩人加入填詞行列，依調填詞，提高詞中意境。白居易的〈望江南〉寫對江南深厚情意，韋應物的〈調笑令〉寫胡馬可愛，烘托出邊塞日暮寥落。另〈菩薩蠻〉及〈憶秦娥〉（傳李白作）景致迷濛，雄渾蒼涼，弔古傷今，藝術成就都很高。

晚唐時填詞之風普遍，以溫庭筠最具代表性。他只做小官，在政途上受打壓，生活頹廢放蕩，流連於秦樓楚館，作品主要描述離愁別緒和男歡女愛。他的文字華艷，有典麗富貴之氣。譽之者認為他文詞隱約細膩，詞境含蓄婉約。溫庭筠的詞中意境與詩有明顯分別，開拓了五代詞和宋詞發展道路。評者認為溫之詞比其詩更佳。

西蜀詞和南唐詞

溫庭筠被視為花間派詞人代表。花間派詞家大都是西蜀人，詞風特色愛用華麗詞藻去描繪女性溫柔貌美。此中詞人多為貴豪清客，作品反映西蜀君臣沈緬酒色，奢淫生活。有人認為此類作品較單調貧乏，但亦有例外者，如牛希濟的〈春山煙欲收〉等，帶出真情。

南唐詞與西蜀詞並立，但成就比西蜀詞高。南唐詞人學術水平較高。西蜀詞多來自民間，多寫脂粉風月，飲宴助興。南唐詞脫胎自南唐抒情七絕，將詞引入歌詠人生，超越花間艷語。南唐詞家主要是馮延巳和李璟李煜帝王父子。

李煜人稱李後主，詞風分前後期。前期作品浪漫，聲色自娛，技巧出色。四十歲後亡國北上，以罪囚之身緬懷過去高貴繁華生活，以血淚寫出感人詞章。作品言語精煉，結構縝密，感人肺腑，表達另一種人生境界。李煜的〈簾外雨潺潺〉寫失國帝王不耐春寒，簾外細雨勾起無限淒涼滋味，有往事如煙如夢的感慨。以落花、流水、春去之無奈，比之無限江山的日子，悔恨沈痛，直鎚人心。此非情深者不能道，亦非詞壇高手不能寫。

李煜把述懷詩歌引進詞體，改革花間派雕飾流弊，寫出人性人心深處，引起廣泛共鳴。譽之為詞聖，未見後人異議。

宋詞柔情兼容哲理

宋初建國，詞壇出現新氣象。朝中文人追隨南唐詞風，寫出華美而不淫艷，纏綿而不輕薄的作品，由艷情轉而述懷。將詞境邁開一大步。北宋詞家，屬婉約派前期有晏殊、歐陽修，中期有張先、柳永、晏幾道、秦觀。周邦彥是北宋最後詞家，風格典麗，句語錘煉，音律更嚴，開南宋姜白石詞派之源。

柳永上入宮廷　下達市井

柳永作品已觸及都市複雜生活。他愛寫離情別恨，下層市民生活，尤以妓女為多。他的作品上入宮廷，下入田舍，社會廣傳，對時人影響頗大。另一詞人張先，寫作沈溺於繁華鬧市男女生活。張先之後宋詞聲色大開，他的詞風喜鋪敘，作長調。論者以其小令成就更高。

晏幾道是晏殊幼子，因家道中落，一生窮困落魄。詞作多追憶往事，懷緬歡樂。作品〈彩袖殷勤捧玉鍾〉寫與情人久別重逢，悲傷錯愕，蕩氣迴腸。句法虛實相扣，疑幻疑真，情景細膩傳神。

蘇軾詞壇四大貢獻　震鑠詞壇

蘇軾是傑出文學家，在詞壇貢獻非比尋常。他對宋詞進行大刀闊斧改革，從風格到音律都打破傳統。蘇軾對詞壇的貢獻，一是提高詞品。從專寫男女之情轉而述懷言志，使宋詞可以曠達高亢，與詩文同登大雅之堂。其二是擴大宋詞境界，由兒女私情到羈旅遊役，到無事不可寫境界。

最初詞人作品格調單薄，欠缺個性。而蘇軾作品強調個人風格，同一詞人詞風亦可多展姿采。蘇軾的作品有探索人生哲理的〈水調歌頭〉（「明月幾時有」），豪情壯志，要立功報國的有「老夫聊發少年狂」。有憑弔古跡感慨之〈赤壁懷古〉，悼念亡妻的「十年生死兩茫茫」，也有描寫田園生活的〈旋抹紅妝看使君〉。由此可見蘇軾詞格調鮮明、界域廣泛。使宋詞無論內容及格調，都趨向多元化。

蘇軾對詞壇第四種影響是打破詞律的束縛，不守詞調原有詞律句法，押韻變動，以意為主。他引進不少曲調，無一不促進詞調發展。

辛棄疾多情出自氣慨

南宋詞壇，明顯走向兩個方向，一是愛國昂揚的豪放派，一是更重音韻的格律派。辛棄疾是南宋最重要詞人，以氣節自負，勇武敢為，作品散發出英雄慨氣，而藝術成就卻是多方面的。他那豪放性格上承蘇軾，詞句龍騰虎躍，氣象萬千，令人胸懷激盪。如「八百里分麾下炙，五十弦翻塞外聲，沙場秋點兵。」讀之使人如親臨戰陣。另詞句「金戈鐵馬，氣吞萬里如虎。」志氣高遠，激昂慷慨。又「對花何以，似吳宮初教，翠園紅陣。」寫花也寫出壯景。

辛棄疾也有婉約清新詞章，如「芳草不迷行客路，垂陽只礙離人目。」文筆曲婉，情深熾熱，道盡焦盼之情。青玉案之「元夕」，借元宵美景寫出孤高心懷，為歷代文人引用。

姜夔號白石道人，人稱姜白石。未嘗為官，飄泊江湖。他精通音律，擅創製新譜。多吟詠山水，相思離情之作。其中〈揚州慢〉寫出旅人面對荒城之悲涼，峭拔淡遠，空明清麗。

李清照閒愁　感同身受

談宋詞不能忽略女詞人李清照。她生於學術文藝氣息濃厚家庭，婚後生活美滿，作品帶著閨閣風姿。〈昨夜雨疏風驟〉寫出深閨慵倦閒雅情趣，後來丈夫出仕，獨守閨幃，道出寂寞難耐之空虛，感情真摯。一句「莫道不銷魂，簾捲西風，人比黃花瘦」為歷代激賞。

李清照四十餘歲後丈夫病故，家鄉淪陷，沈痛淒苦。詞章寫死別之悲，孤冷哀慵，永恆之愁，把內心失落，表露無遺。〈聲聲慢〉一詞，全篇仄聲押韻，讀來聲調急促，盡把心中淒楚，噴薄而出。這位女詞人，著有詞史上第一篇論詞文章〈詞論〉，她站在男子詞家面前，毫不遜色。

宋詞欣賞

柳永：〈雨霖鈴〉

寒蟬悽切，對長亭晚，驟雨初歇。都門帳飲無緒，留戀處，蘭舟催發。執手相看淚眼，竟無語凝噎。念去去，千里煙波，暮靄沈沈楚天闊。　多情自古傷離別，更那堪冷落清秋節！今宵酒醒何處？楊柳岸，曉風殘月。此去經年，應是良辰好景虛設。便縱有千種風情，更與何人說？

晏幾道：〈鷓鴣天〉

彩袖殷勤捧玉鐘。當年拚卻醉顏紅。舞低楊柳樓心月，歌盡桃花扇底風。　從別後，憶相逢。幾回魂夢與君同。今宵剩把銀釭照，猶恐相逢是夢中。

秦觀：〈鵲橋仙〉

纖雲弄巧，飛星傳恨，銀漢迢迢暗渡。金風玉露一相逢，便勝卻人間無數。柔情似水，佳期如夢，忍顧鵲橋歸路。兩情若是久長時，又豈在朝朝暮暮。

蘇軾：〈水調歌頭〉

丙辰中秋，歡飲達旦，大醉，作此篇，兼懷子由。

明月幾時有？把酒問青天。不知天上宮闕，今夕是何年？我欲乘風歸去，又恐瓊樓玉宇，高處不勝寒。起舞弄清影，何似在人間？　轉朱閣，低綺戶，照無眠。不應有恨，何事偏向別時圓？（有作：長向。）人有悲歡離合，月有陰晴圓缺，此事古難全。但願人長久，千里共嬋娟。

辛棄疾：〈青玉案・元夕〉

東風夜放花千樹，更吹落、星如雨。寶馬雕車香滿路。鳳簫聲動，玉壺光轉，一夜魚龍舞。

蛾兒雪柳黃金縷，笑語盈盈暗香去。眾裏尋他千百度。驀然回首，那人卻在燈火闌珊處。

姜夔：〈揚州慢〉

淳熙丙申至日，予過維揚。夜雪初霽，薺麥彌望。入其城，則四顧蕭條，寒水自碧，暮色漸起，戍角悲吟。予懷愴然，感慨今昔，因自度此曲。千巖老人以為有「黍離」之悲也。

淮左名都，竹西佳處，解鞍少駐初程。過春風十里，盡薺麥青青。自胡馬窺江去後，廢池喬木，猶厭言兵。漸黃昏，清角吹寒，都在空城。杜郎俊賞，算而今，重到須驚。縱豆蔻詞工，青樓夢好，難賦深情。二十四橋仍在，波心蕩、冷月無聲。念橋邊紅藥，年年知為誰生？

李清照：〈聲聲慢〉

尋尋覓覓，冷冷清清，悽悽慘慘慼慼。乍暖還寒時候，最難將息。三杯兩盞淡酒，怎敵他、晚來風急？雁過也，正傷心，卻是舊時相識。　滿地黃花堆積。憔悴損，如今有誰堪摘？守著窗兒，獨自怎生得黑？梧桐更兼細雨，到黃昏、點點滴滴。這次第，怎一個愁字了得！

元曲概歎成敗如一夢

中國韻文之唐詩，宋詞，元曲，鼎足而三，素為文人鍾愛。唐詩宋詞都有大量作品留下，元曲留下的數量少許多，亦較少人談及。元曲是盛行於元代的一種文化藝術，是散曲和雜劇的合稱。其中散曲，可以看作是「歌詞」。另一類是劇曲，是完整的劇本，可以直接搬上舞台演出。元代雜劇成績斐然。有關漢卿、馬致遠、鄭光祖、白樸四大家。著名劇目有《竇娥冤》、《漢宮秋》、《梧桐雨》、《趙氏孤兒》四大名劇。

本文集中說散曲。散曲，內容以抒情為主，有小令和散套兩種。小令原是民間的小調，小令有典雅，亦有俚俗語言，比唐詩宋詞通俗生動。

文人筆下　元曲別有情懷

由於元代廢除科舉，文人不能以文才稱著而得名位，嗒然若失，鬱結難抒。旋多見異族鐵蹄縱橫，殘民肆虐。有朝貴夕賤，深感富貴如浮雲，人生感慨深刻。這些心態，都可以從元曲作品中見到。優異的元曲具有唐詩宋詞無法取代的獨特魅力，有關漢卿、馬致遠、鄭光祖、白樸、王實甫和喬吉等名家。

元曲賞析

馬致遠

〈夜行船·百歲光陰〉

百歲光陰一夢蝶，重回首往事堪嗟。今日春來，明朝花謝，急罰盞夜闌燈滅。

〈喬木查〉

想秦宮漢闕，都做了衰草牛羊野。不恁漁樵無話說，縱荒墳，橫斷碑，不辨龍蛇。

〈撥不斷〉

利名竭，是非絕，紅塵不向門前惹。綠樹偏宜屋角遮，青山正補牆頭缺，更那堪竹籬茅舍。

〈落梅風〉

天教你富，莫太奢。無多時好天良夜。看錢兒硬將心似鐵，空辜負錦堂風月。

〈天淨沙·秋思〉

枯藤老樹昏鴉，小橋流水人家，古道西風瘦馬。夕陽西下，斷腸人在天涯。

賞析

今人多愛誦馬致遠元曲作品。其中以〈秋思〉最為著名。〈秋思〉寫得情景交融，全曲只有二十八字，無一秋字，卻描繪出一幅寂寞淒苦的秋郊圖。作者用簡單文字帶出蒼冷意境，直竄人心。此小令藝術意境高，寫作技巧尤見高明。西風、瘦馬、夕陽、斷腸人，帶出蕭索孤獨景緻，哀而不傷，便是其成就過人之處。

元曲有一特色是對興亡感歎極為深刻，多時比唐詩宋詞猶有過之。曲詞中秦宮漢闕何等輝煌壯麗，但時日之過，都只剩衰草，只能供牛羊徘徊踐踏，何等微賤悲哀。即使是紀功記事之碣石豐碑，世事蒼桑，時日過去，亦無人欣賞誌記，不辨龍蛇丟在一旁。滄浪感慨之中，大有歎息一切功業，只不過是過眼雲煙，熱中也是枉然。馬致遠作品中尚勸人珍惜當下時光，欣賞美景，享受平淡，莫辜負錦堂風月。此中情致深遠，在名詩人詞人臉前，並無愧色。

薛昂夫〈山坡羊・大江東去〉

大江東去，長安西去，為功名走遍天涯路。厭舟車，喜琴書，早星星鬢影瓜田暮。心待足時名便足。高，高處苦；低，低處苦。

賞析

元曲中「山坡羊」有多首，筆者最愛的是薛昂夫的〈大江東去〉。如果一個人曾在事業上奮摶，在功事上努力，無論事情成敗，讀了這闕元曲，一定很有共鳴。

東去西去，走盡天涯路，何等艱辛？何等鬱抑？期望的，卻是琴書為伴，田間終老。「心待足時名便足」，藏著無窮智慧的哲理。在曾拼搏過的人看來，意義更為深長。一些為衣食奔走、事業不如意的人，讀到這闋小令，都會感謝作者為自己盡吐心曲。高、高處苦！低、低處苦也！

張養浩〈山坡羊．潼關懷古〉

峰巒如聚，波濤如怒，山河表裏潼關路。望西都，意躊躇。傷心秦漢經行處，宮闕萬間都做了土。興，百姓苦；亡，百姓苦。

賞析

此曲寫潼關壯麗，雄偉險要。潼關，歷代皆為軍事要地。作者遙望古都長安，無限感慨。想到經過那秦漢萬間宮殿，早已化作了塵土。無論朝代興亡，總是苦了百姓。悲天憫人之情，逸於言表。間接說出為人不要把功業看得太重。

喬吉〈水仙子．尋梅〉

冬前冬後幾村莊，溪北溪南兩履霜。樹頭樹底孤山上。冷風來何處香？忽相逢縞袂綃裳。酒醒寒驚夢，笛淒春斷腸。淡月昏黃。

賞析

喬吉這篇〈尋梅〉，意境清麗佳絕，樸素清新中有出塵之幽雅。在尋梅賞景之時，喜得素梅，正是有所得之時，一句「酒醒寒驚夢」，一個「驚」字，把讀者意識提升起來，從幻夢中回到悽愴的現實，虛實交替，別有深意。「笛淒春斷腸，淡月昏黃」九個字，直把讀者帶進不食人間煙火境界，使人情深而又感情澎湃。

在寫作上，幾百年前的喬吉用上現代拍攝錄影的視野，以溪北溪南、樹頭樹底，再擴展到孤山上，逐一素描。後來才從冷香之中，得見清冷遺世之素顏。一步一景緻，把讀者帶入幽美清絕空靈之境。

文辭逸妙《幽夢影》

筆者自中學時代開始，閒中常有逛書店，有打書釘習慣。一次在書局中無意瞥見一本封面單調，題為《幽夢影》薄薄的一冊新書，這個好奇怪的書目，不禁引來翻閱，想知道什麼叫幽夢影？

何物幽夢影

《幽夢影》一書不是散文，亦不是小說，原來是本清人筆記，記下作者張潮當日言談，再附有座談時其他文士迴響。各人大多語帶機鋒，寓意深遠。有爭奇鬥智，有高逸神思，有醍醐灌頂警句，有幽深諷喻，有雋語格言，有生活情趣，令人詠歎回味。正是道雖小，確有逸趣可觀之處。

又何以叫幽夢影呢？原來幽者，幽深難尋，如曲徑通幽，必要有心有緣，才能見之識之。夢者，日有所思，夜有所夢。而夢境虛幻，如夢如幻，真幻相交，是真非真，是幻非幻，別有境界也。影者，形之虛象，可望而不可即，可視而不可得，可悟而不可解。《幽夢影》之陳述，大抵可以意會，而不可言詮。

人評文學作品有神高逸妙之別，《幽夢影》共二百餘則，無分段落章節。今試以灼見、高識、逸思、妙趣分列，以為讀者鑒賞管窺。

灼見之章

1 **求知己於朋友易，求知己於妻妾難，求知己於君臣則尤難之難。**

王名友曰：求知己於妾易，求知己於妻難。求知己於有妾之妻尤難。

江含征曰：求知己於鬼神，則反易耳。

2 **史官所紀者，直世界也。職方所載者，橫世界也。**

袁中江曰：眾宰官所治者，斜世界也。

尤悔庵曰：普天下所行者，混沌世界也。

3 **富貴而勞悴，不若安閒之貧賤；貧賤而驕傲，不若謙恭之富貴。**

曹實庵曰：富貴而又安閒，自能謙恭也。

許師六曰：富貴而又謙恭，乃能安閒耳。

張迂庵曰：安閒乃能驕傲，勞悴則必謙恭。

4 **情必近於癡而始真，才必兼乎趣而始化。**

陸雲士曰：真情種，真才子，能為此言。

尤慧珠曰：餘情而癡則有之，才而趣，則未能也。

顧天石曰：才兼乎趣，非心齋不足當之。

5 **文人講武事，大都紙上談兵；武將論文章，半屬道聽途說。**

吳街南曰：今日武將講武事，亦屬紙上談兵，今之文人論文章，大都道聽途說。

6 **十歲為神童，二十三十為才子，四十五十為名臣，六十為神仙，可謂全人矣。**

江含征曰：此卻不可知。蓋神童原有仙骨故也。只恐中間做名臣時，墮落名利場中耳。

張竹坡曰：神童才子，由於己可能也。臣由於君，仙由於天，不可必也。

高識之章

1 **美人之勝於花者，解語也；花之勝於美人者，生香也。二者不可得兼，舍生香而解語者也。**

王勿翦曰：飛燕吹氣若蘭，合德體自生香，薛瑤英肌肉皆香，則美人又何嘗不生香也。

2 **傲骨不可無，傲心不可有，無傲骨則近於鄙夫，有傲心不得為君子。**

吳街南曰：立君子之側，骨亦不可傲。當鄙夫之前，心亦不可傲。

石天外曰：道學之言，才人之筆。

3 **雨之為物，能令晝短，能令夜長。**

張竹坡曰：雨之為物，能令天閉眼，能令地生毛，能令水國廣封疆。

4 **對淵博友，如讀異書。對風雅友，如讀名人詩文。對謹飭友，如讀聖賢經傳。對滑稽友，如閱傳奇小說。**

李聖許曰：這幾種書亦如對這幾種人。

張竹坡曰：善於讀書取友之言。

5 **酒可以當茶，茶不可以當酒。詩可以當文，文不可以當詩。曲可以當詞，詞不可以當曲。月可以當燈，燈不可以當月。筆可以當口，口不可以當筆。婢可以當奴，奴不可以當婢。**

江含征曰：婢當奴而太親，吾恐忽聞河東獅子吼耳。

弟木山曰：兄於飲食之頃，恐月不可當燈。

6 **無善無惡是聖人，善多惡少是賢者，善少惡多是庸人，有惡無善是小人，有善無惡是仙佛。**

江含征曰：先惡後善，是回頭人，先善後惡，是兩截人。

殷日戒曰：貌善而心惡者，是奸人，亦當分別。

逸思之章

1 **少年讀書，如隙中窺月；中年讀書，如庭中望月；老年讀書，如臺上玩月，皆以閱歷之淺深，為所得之淺深耳。**

黃交三曰：真能知讀書痛癢者也。

畢右萬曰：吾以為學道，亦有深淺之別。

2 **月下聽禪，旨趣益遠。月下說劍，肝膽益真。月下論詩，風致益幽。月下對美人，情意益篤。**

袁士旦曰：溽暑中赴華筵，冰雪中應考試，陰雨中對道學先生，與此況如何？

3 **情之一字，所以維持世界。才之一字，所以粉飾乾坤。**

吳雨若曰：世界原從情字生出。有夫婦然後有父子，有父子然後有兄弟，有兄弟然後有朋友，有朋友然後有君臣。

釋中洲曰：情與才缺一不可。

4 **因雪想高士，因花想美人，因酒想俠客，因月想好友，因山水想得意詩文。**

弟木山曰：餘每見人長一技，即思效之。雖至瑣屑，亦不厭也。大約是博愛而情不市。

張竹坡曰：多情語，令人泣下。

尤謹庸曰：因得意詩文想心齋矣。

5 **文章是案頭之山水，山水是地上之文章。**

李聖許曰：文章必秀明，方可作案頭山水。山水必曲折，可名地上之文章。

6 **花不可以無蝶，山不可無泉，石不可無苔，水不可無藻，喬木不可無藤蘿，人不可無癖。**

黃石閭曰：事到可傳皆具癖，正謂此耳。

孫松坪曰：和長輿卻未許藉口。

妙趣之章

1 **藝花可以邀蝶，迭石可以邀雲，栽松可以邀風，貯水可以邀萍，築台可以邀月，種蕉可以**

邀雨，植柳可以邀蟬。

曹秋嶽曰：藏書可以邀友。

陸雲士曰：積德可以邀天，力耕可以邀地，乃無意相邀而若邀之者，與邀名邀利者迴異。

顧天池曰：不仁可以邀富。

崔蓮峰曰：釀酒可以邀我。

2 **尋樂境乃學仙，避苦趣乃學佛。佛家所謂極樂世界者，蓋謂眾苦之所不到也。**

陸士雲曰：空諸所有，受即是空。其為苦樂，不足言矣，故學佛優於學仙。

3 **南北東西，一定之位也，前後左右，無定之位也。**

張竹坡曰：聞天地晝夜旋轉，則此東南西北，亦無定位也。成者天地外貯此天地者，當有一定耳。

4 **新月恨其易沉，缺月恨其遲上。**

孔東塘曰：我唯以月之遲早，為睡之遲早矣。

張竹坡曰：易沉遲上，可以卜君子之進退。

5 **樓上看山，城頭看雪，燈下看月，舟中看霞，月下看美人，另是一番情境。**

江允凝曰：黃山看雲，更佳。

倪水清曰：做官時看進士，分金處看文人。

畢右萬曰：予每於雨後看柳，覺塵襟俱滌。

6

花不可見其落，月不可見其沉，美人不可見其夭。

朱其恭曰：君言謬矣。洵如所云，則美人必見其發白齒豁而後快耶？

雋語逸妙　寓意深遠

《幽夢影》座中賓主閒言雋語，反映他們都是滿腹詩書、不憂茶飯的有閒階級。作者張潮，又名張心齋，安徽人，清初名士。既出身名門，飽讀詩書唯屢試不第，故而遊走雅士學林之間。座中吟風弄月對話之時，頗多雋語，其中不乏真情逸妙之言。後集而為紀言隨筆，語言雋永，意境逸妙。對古今人事，體悟深刻。個中評風月，話才子佳人；或道古論今，往往能發人深省。其中閒情意趣，不少饒具哲理，寓意深遠。字字珠璣，令人感悟人生。

此書薄薄一冊，品味生活，回味無窮。字數不多，文人雅士，往往對之愛不惜手，視如珍籍。

宋代平話造就明代小說

唐代傳奇乃有唐一代文學，與唐詩雙峰並峙。小說到了宋代，稍為遜色。其所以如此，與當時社會風尚大有關係。對我國小說有興趣者，則不能忽略宋代小說之表現。宋代小說，為短篇白話小說之起源，在我國文學長流中有不可替代地位。

宋代社會形態影響小說文學

宋代小說分短篇小說和長篇小說兩種。又可分作文言小說和白話小說來論述。現存文言小說由李昉主編的《太平廣記》最為重要，共五百卷。全書採摭漢代至宋初野史與小說輯彙而成，其中所引用著述又大多已失傳，有賴該書得以保存古代小說資料，價值超然。其次為洪邁的《夷堅志》，四百二十卷。多錄異聞仙怪，亦載宋人遺文軼事。宋代白話小說出自民間，稱「話本」或「平話」。以白話口語錄下，宋話本被視為通俗文學。為古代文學家輕視。

宋代，由於立國之初軍事已行強幹弱枝法，軍人被壓在文人之下，是一個武力弱勢的社會，國家受外族欺凌，要納貢以保平安。但農事不虧，水陸交通發達，商貿繁盛，比較上做成一個民富而國不強的社會，城市繁榮發達，人民湧向大城市成為趨勢。

宋代社會催生白話小說

自唐沿至宋，由於戰亂和富農強豪兼併田地，許多農民失去耕地，而斯時商貿和手工業極為發達，不少農民遊民流徙到城市從事勞工，成工商業職工或販賣求生者，域市聚集大批下層生活工人。這些普羅大眾需要精神娛樂，因而興起各類講唱藝術文化，調劑單調苦悶的生活，例如在茶館茶寮中聽講聽唱聽說書。這種「說書」活動，往往集中廣大市民在各種場合聚集。有後人因講唱內容不同分之為三家或四家。所指三家為小說、講史、說經。有論者則加入說公案、說金戈鐵馬等是為第四家。

說經即說佛經。講史是說前代傳奇及戰爭故事。現存講史話本叫「平話」，意思是不加彈唱的講說。講小說者內容包括靈怪、傳奇、煙粉、公案、扑刀桿棒（打鬥）和發跡故事。說話人所講唱的底本叫「話本」。都是白話的短篇小說，由下層文人編寫，文字粗糙。據稱現代殘存的話本有二十九種。為了與正統文人作品分別，稱這類作品叫「白話」，話本用白話文字紀錄，會由師徒一代一代的傳下。

話本取材市民大眾生活

話本由韻文和散文兩部分組成。情節首尾呼應，中段曲折多變。說書人用口語表達，用民間諺語、俗語、成語、比喻說出來。口述描繪得真切細膩，語言通俗易懂，有濃厚生活氣息來吸引聽眾。由於講唱對象為下層升斗市民，故事內容便與唐傳奇士人生活素材不同，而是反映廣大市民階層生活。由於宋時理學大盛，小說受其影響，說話者認為小說不含有教訓便不足取，故內容多有教訓意味。亦多見反抗傳統道德，追求美好生活的精神。對封建制度、傳統道德、黑暗統治、表現不滿與反抗。也常出現歌頌愛情、爭取婚姻自由、譴責大小官僚貪酷的素材，亦有表現俠義行為和愛國思想，題材極受歡迎。

宋朝話本小說，現存較重要的話本有《京本通俗小說》。內有故事〈碾玉觀音〉、〈菩薩蠻〉、〈西山一窟鬼〉等。明末馮夢龍收錄宋元短篇話本，編輯成《三言》，包括《警世通言》、《醒世恆言》、《喻世明言》三本書。重要宋元話本尚有《大唐三藏取經詩話》和《西遊記平話》。

宋話本啟發明朝長篇巨著

現存講史平話有《武王伐紂書》、《秦併六國平話》、《前漢書續集》、《三國志平話》、《宣和遺事》等。宋元話本在小說史上地位重要。展現前代講唱藝術成果，確立白話小說的新文體，為後代白話小說開闢了新途徑。

宋元平話由民間說書過渡到長篇白話小說，明清兩代許多長篇小說巨著與宋元平話有一脈相承關係。從宋元平話中，可窺見明代四大奇書《三國演義》、《西遊記》、《水滸傳》及《金瓶梅》長篇巨著脈絡，均由宋元平話啟發與承傳而來。

明代四大奇書

唐詩宋詞，都是一代文學作品代表。明代，則以四大奇書為文學代表。四大奇書是四大部冊的長篇小說。這四部小說，現代人看來是文言作品。其實，是當時的白話文作品。四大奇書是指《三國演義》、《水滸傳》、《西遊記》與《金瓶梅》。

小說基礎於宋代話本

宋代手工業發達，農地又多為強豪兼併，民眾從農村移到城市找生活日多，聽人說書（講故事）成了公餘活動精神娛樂。說書人為了吸引群眾，除了講史（甚而野史）外，還有各類不同的題材。因為面對普羅大眾，要用白話說出來，便把說書內容的話本用白話寫成底稿。說書人師徒把底稿一代一代傳下去，底稿也會被傳承的說書人增刪修改。這些底稿便成了明代長篇小說的基礎。

宋代話本由於職業需要而產生，目的要迎合市民趣味，滿足市民文娛上需要。話本內容雖然是多方面的，但均對人情物態描述，都用維妙維肖口語形容，要使聽者動容。這樣白話文運用技巧趨於成熟。質素漸漸提升，產生有文學價值作品。

明代小說的價值

明代是白話文學成熟時期。文人多是依據宋代受歡迎題材，加以發揮創作，文士遂有意識運用白話創作長篇小說。唐代傳奇都是短篇，到了明代，既有話本底稿為創作基礎，時代條件亦催生長篇小說的出現，便是碰上印術普遍流行，讀者可以人手一卷細讀。明代文人亦因長篇小說佳作出現，改變對小說輕視。開始意識到小說文學價值與社會意義。因這時小說能更詳盡反映政治醜惡，社會的黑暗荒唐，及人民的命運和願望。普羅大眾也能從小說中拓展視野，得到精神享受，得到娛樂。下述明代四大奇書，各有特色之處。

《三國演義》

元末明初文士羅貫中，將元朝《三國志平話》改編為通俗演義。內容以三國時代故事為骨幹，細說天下三分，魏蜀吳三者網羅豪傑爭天下的故事。除了人物刻畫之外，對時局形勢開闔，人事之得失，佈述得十分出色。乍看之下是部歷史著作，其實箇中不少虛構人物和情節，並非全為史實。雖說如此，但內容包羅不少人生際遇，命運安排，時局變遷，人力之無奈的描述。此著述精彩之處甚多，建議可選讀〈火燒赤壁〉、〈諸葛亮舌戰群儒〉、〈曹操大戰袁紹〉等篇。

開卷細讀《三國演義》，當對社會及人性增加認識不少。相傳清太祖努兒哈赤舉兵反明，便是從《三國演義》中汲取兵法。《三國演義》雖註明作者是羅貫中，其實內容經多人修改。羅貫中只是主要執筆者，才華則為後人所公認。

《水滸傳》

採取南宋時流行民間《宣和遺事》水滸三十六人故事，創作發展而成。內容以人物際遇為骨幹發展，寫良民被逼為寇，反抗政府官員暴虐，反映社會黑暗，更寫出社會下層人物的重義輕利，互相尊重照應。書中有人對抗命運，亦有人安於天命。

《水滸傳》為一部自由創作小說，人物描述為經典之作。如其中魯智深、李逵、林沖等許多人物，都是武藝高強的血性男兒。書中寫出多種不同的雄豪性格，對壓迫的生活，表現各有不同，躍然紙上。此書甚怪，寫男子寫得出色，但寫女子可說失敗，真莫名其妙，與清代《紅樓夢》正好相反，該書寫眾多女子性格又特別出色。筆者推薦初讀者可先讀〈魯智深三拳打死鎮關西〉一段，林沖〈逼上梁山〉亦很精采。

此書著者今作施耐庵，有說經羅貫中修改，明末清初金聖歎將一百回腰斬成今日七十回，意欲更濃縮，更精彩。

《西遊記》

被稱為神魔小說，屬浪漫主義作品。作者吳承恩，借鑑元宋《唐三藏取經詩話》，發展玄奘師徒四人取經故事。寫取經途中所遇，驚險重重而神怪有趣。書中道佛神仙，妖魅精怪各種角色錯雜出現，各有法力。乍看是神魔鬥法，其實作者寓意深遠，反射統治者無能，妖魔借助正統人物胡作妄為，禍害人間。

民初政治學學者薩孟武著有《西遊記與古代政治》對此析述甚詳，讀後當對《西遊記》有更深切認識。有研究者稱《西遊記》受古印度神話影響，當亦可信。筆者認為其中〈孫悟空大鬧天宮〉最為吸引，終卷寫師徒歷險取得的竟是「無字天書」，寓意深邃，至堪玩味。

《金瓶梅》

《金瓶梅》內容寫明代暴發戶西門慶個性及其生活行徑，全力細緻刻畫其興發、腐敗與滅亡，筆觸反映時代，反映人性都極為出色。《金瓶梅》講述真實中國封建社會，毫無忌憚表露社會病態，荒唐墮落景象。其中對官商勾結剝削、婦女爭寵機心、男女情慾泛濫描述，均超越前代作品。評者論其文筆刻劃入微，語言藝術圓熟、精巧細緻，超越前人。書中對情欲描寫之誇張，揭露社會黑暗之徹底，達至極高藝術成就。

此書作者未有定論，一向被視為色情禁書，署名蘭陵笑笑生實不知何人，然為閱盡世情、飽學之士殆無疑問。古來欲得書一讀者當非小數，但公然論及之文士則極為罕有。有心人曾指出，此書涉及文字百萬餘，道學之士曾取其一版本，刮去不堪入目文字共一萬九千餘。結論過於色情者不及百分之二，據此可見刮字只是庸人自擾。今處於廿一世紀世情開放世界，筆者鼓勵成年人放心閱讀，能寫下評論介紹，造福書民更好。

清代小說名著

人論清代學術成就，並非文學創作，而是考據學。因為清代文字獄厲害，創作偶一不慎，便會橫禍飛來，全家全族沾上刀斧血光之災。而清代之前，中國有數千年歷史，有許多值得考據研究材料，因而飽學之士轉而埋首考據，為文化傳承也盡一點功夫，結果成績也不錯。話雖如此，但有清一代文人，亦有出色的文學創作，數量可能比前代差一點，但質量不遑多讓。

《紅樓夢》

清代最著名的文學創作首推《紅樓夢》，幾乎無一學者作家不予推崇。《紅樓夢》作者曹雪芹，先祖原是滿州貴族家奴，滿人入關後得朝廷寵信，家族中人不少當高官，政治地位有特權。正在赫赫於世之時，卻因虧空被剛繼位的雍正帝抄家，家族立時破敗。曹雪芹親歷顯赫當世而倏忽破敗，榮華富貴如一場春夢。深感世道之無常，人心之冷暖，真有錐心之痛。由於本身既負文才，於是將自己經歷，看盡世情人生經驗，著成這本皇皇巨著。

《紅樓夢》全書以賈寶玉、林黛玉、薛寶釵的戀愛婚姻為主線，寫盡豪貴人家生活，牽動數百主次人物登場。作者對如斯眾多人物心思秉性，均刻畫人微，而複雜微妙關係更寫得絲絲入扣。曹雪芹對人性的虛偽、真誠、奸詐、無奈、墮落、都寫得入木三分，書中人恍能跳出來和讀者對話，互聞呼吸一般。這種寫作功力，令許多讀者手不釋卷，如癡如醉，稱道捧愛。據說曹雪芹對自己這本作品多次修訂，至離世仍在修繕中。今見一百二十回《紅樓夢》，後四十回非其手筆，乃高鶚續成。

《聊齋誌異》

蒲松齡的《聊齋誌異》共有四百九十餘篇，短篇文言小說。內容風格接近六朝志怪和唐代傳奇。是中國優秀短篇小說集，以一人之力而成，豐厚筆力，為歷來小說作家罕見。聊齋內容大致可分三大類。是暴露封建社會黑暗；揭發科場弊端和描述精怪與人類的戀愛。蒲松齡富有文采，卻多次失意科場，屢試不第，奮而專心著作。他廣集社會上各種奇異見聞，加上自己生活經驗和憎愛鮮明的感情，熔鑄入作品之中，委曲細膩述說故事。因思域廣懋，情節結構精細，鋪陳曲折引人入勝，甚得文士喜愛。而是文言作品，今日青年語文能力稍遜者，則難嚐其中甘美。市肆今有白話本出售，唯多失卻原來神采韻味，殊為可惜。

《儒林外史》

至清中葉，白話小說創作進入一個新階段。文人開始直接取材於現實生活，風格手法日趨多樣化。《儒林外史》的出現，充實了有清一代的小說創作。作者吳敬梓，年輕時已中秀才，卻未能在鄉試中舉。本身因不治家業，生活窮困，五十多歲去世。吳敬梓寫當時社會士人百態，除寫讀書人外，也觸及城市小民和農夫的生活。小說頌揚善良民眾，歌頌挽救世道人心的讀書人。筆下眾生相嬉笑怒罵，或輕蔑諷刺，帶出複雜感情。會令讀者感到憤怒、憎恨、同情、憐憫感悲傷。可說是清代社會一幅真切的風情畫。

譴責黑暗　揭露世情的小說

清代除了上述名著外，尚有不少充滿時代特色小說。多是遊歷見聞，使讀者眼界一開。重點著眼於揭露社會黑暗為主調。作品多提及未廣為人知不平等，不公道社會現象，為時人帶出更廣闊視野。論者將之統稱為譴責小說。略述如下。

《鏡花緣》，寫林之洋到海外做生意遊歷的故事，內容可說是作者李汝珍的見識和浪漫想象，有神話及虛擬的唐朝中宗復位。此外，通過海外遊歷見聞，諷刺中國社會不良現象。書中帶出國民罕見新世界的風俗人情。他主張男女平等，在當時清代封建社會，屬超時代思想。

《二十年目睹怪現狀》，乃吳趼人清末作品，寫清末社會官場、商場、洋場光怪陸離現狀，全書串聯了二百多個小故事，暴露社會黑暗，官僚貪污受賄，昏庸墮落。亦觸及賭場妓院欺詐，假名士招搖撞騙，流氓惡棍橫行。但亦有善人高行的描述，寫盡人性中和善與醜惡。

《老殘遊記》作者劉鶚，飽讀詩書，早便意識到清末局勢危機。作品描述清代社會現狀。文中有痛斥清官因邀譽誤國殃民之可恨，為前人之所未言。其他也是遊歷見聞，當然帶出作者見識和感受，劉鶚文筆亦有獨到之處，此書是當時流行小說。

當時受歡迎小說，尚有《三俠五義》、《兒女英雄傳》、《海上花列傳》、《官場現形記》、

《孽海花》等等，近年則少見人提及。而劉鶚《老殘遊記》、李伯元《官場現形記》、吳趼人《二十年目睹怪現狀》、曾樸《孽海花》，則合稱清代四大譴責小說。

胡適與陳獨秀的文學革命

五四運動在百年前一九一九年發生，成因甚為複雜，有政治性、社會性、文化性及愛國精神爆發等因素。其背景是文學革命衍生的愛國力量。自新文化運動之後，改變了中國百年來文章的面貌，文言文被白話文打得幾乎無立足之地。

五四運動爆發　火燒趙家樓

第一次世界大戰結束後，一九一九年四月「凡爾賽和約」中，把有關德國山東權益讓與日本。巴黎和會外交總長陸徵祥電告北京政府，說向日本索還山東膠州灣失敗。因若不應允將被取消庚子賠款、關稅自主等等不利情況。北大校長蔡元培把消息告知學生代表，學生代表羅家倫傅斯年召開大會，決定翌日在天安門遊行示威。五月四日天安門結集三千餘學生，血書「還我青島」，浩浩蕩蕩向外國公使館進發。

其間有人認為曹汝霖是賣國賊，大隊人馬操向住在趙家樓的曹宅。曹汝霖不在，痛毆剛在曹宅的章宗祥，隨即火燒趙家樓洩忿。軍警鎮壓，即時逮捕學生代表三十二人。後經校長蔡元培斡旋，學生獲釋。

其後，北京成立大專院校教職員聯合會。五月十九日，北京兩萬多名學生罷課，呼籲抵制日貨，發行愛國刊物。六月，學生多次湧向街頭抗議政府軟弱，先後數百名學生被捕。國內許多大城市聲援被捕學生，亦表達愛國情緒，罷課罷工罷市。學生獲釋後，上海仍出現更大規模工人罷工示威，參加者逾六七萬人。全國二十二個省一百五十多個城市均有不同程度罷工響應，抗議日本侵佔膠州灣。總統徐世昌表示問責辭職，不獲國會接納。多日後，中國收回了山東半島主權和膠濟鐵路權益。

新文化運動之文學革命

五四運動之前，是文學革命的新文化運動。新文化浪潮主要人物是胡適和陳獨秀；背後重要的影子是北京大學和《新青年》雜誌。以今日目光看來，胡適倡導文學革命對今日文化界影響比唐代韓愈「文起八代之衰」更甚。

文學革命先於五四運動發生，雖然不能說催生五四，但其關係血肉相連，殆無疑問。一九一五年陳獨秀自日本回國，許多新觀念、西方新思潮、反傳統的思想都是透過陳辦的《新青年》傳播出去。由於當時袁世凱獨裁主政，備受日本軍國主義欺壓。知識分子呆若木雞，社會有如一潭死水。陳獨秀創辦《新青年》，向青年人呼號，振奮國人，提出自強主張。

陳獨秀第一篇文章是〈敬告青年〉，提出六項革新中國文化的主張【註】。《新青年》倡導的精神是擁護西方自由民主與科學（後以德先生和賽先生作宣傳）；亦與傳統的文化為敵。《新青年》主張痛治時弊，極受歡迎。最初創刊時只發行一千份，兩年後一九一七年發行增至一萬五千份。創刊初由陳編輯，自一九一七年文學革命展開後，加入胡適、李大釗、錢玄同、魯迅等人輪流任編輯。

北京大學與《新青年》為主催陣地

《新青年》是新文化運動主要傳播媒介，北京大學卻是新文化運動領袖匯集陣地。蔡元培本是前清翰林，曾留學德法。一九一六年自法國回中國，年底被北洋政府任命為北京大學校長。蔡元培國學深湛，又曾遠赴外國拓展視野，對國家民族更具切愛熱誠。接任後破舊立新，大刀闊斧改革教育制度，為我國教育樹立輝煌典範。

他聘請教員，只要學有專長，縱使持論政見不同，都一體容納，胡適和陳獨秀都由他一手聘任。學校政策由教員商定，鼓勵學生自治，組織各類學會，促進學生課外活動。北大擁有自由獨立風氣，絕不受任何政治勢力左右。蔡元培把北大辦成一所自由開放，兼容並蓄的學術機構。北京大學在這樣風氣薰陶下，很多學生後來成為新文化運動的忠實擁護者、接班人，也為五四運動培育不少健將。在五四運動中，北京大學和北大學生，都起了領導作用。

胡適要「改良」　陳獨秀要「革命」

陳獨秀響應胡適文學新浪潮之議，但態度狂熱激烈與胡適平和大有不同。一九一六年初，胡適首先提出改良中國詩，造成青年競寫新詩風潮。並說要以活文學代替死文學，倡議用白話文（語體文）代替文言文。他二十六歲時提出著名的〈文學改良芻議〉，主張八不主義。

1不用典。　2不用陳套語。

3不講對仗。　4不避俗字俗語。

5不摹倣古人。　6不作無病呻吟。

7須講求文法。　8須言之有物。

胡適提出「改良」，陳獨秀更徹底，提出「革命」。胡適提出為學四大主張：一、擁護科學民主。二、輸入西方理學。三、整理國故。四、再造文明。可見胡適的提議十分理性，切中時弊，救國良方也。陳獨秀也為時弊而痛心，但激烈中帶著粗暴。他提出打倒孔家店口號，推倒中國傳統文化，鄙棄文言文，甚而對中國傳統三綱五常基本道德鞭撻。當時知識青年受陳獨秀影響更甚，傳統文化價值面臨崩潰。陳獨秀主張文學革命三大主義：

1　推倒雕琢的、阿諛的貴族文學，建設平易的抒情的國民文學。

2　推倒陳腐的鋪張的古典文學，建設新鮮的立誠的寫實文學。

3　推倒迂腐的艱澀的山林文學，建設明瞭的通俗的社會文學。

作品大量輸入　白話文如燎原之火

文學革命展開後，時下作家大量翻譯外國文學作品：包括英國、美國、俄國、日本、德國、挪威、印度等等著述，國人得以閱讀雨果、羅曼羅蘭、托爾斯泰、芥川龍之介、莎士比亞、歌德、易卜生、泰戈爾等外國名家的作品，因而吸收大量外國文學而得到滋養，眼界大開。一九一八年《新青年》文章已全部採納白話文，一九二零年民國小學一二年級教材全用白話文。一九一九年至一九二零年中，出現白話文報刊多達四百多種。社會上文學社團湧現，蔚然成風。

在文學革命氣勢如野火燎原，風雲蓋頂的時候，卻有一群愛護國故的學者，大不以為然，在痛哭國故慘遭凌辱時，聯成同一陣線，大肆張撻這群新文化領導人物。如故老林紓、章炳麟痛罵胡適、陳獨秀和錢玄同，又寫信給蔡元培反對白話文。但狂瀾既成，已回天乏力，新文化運動狂流瀉遍中華大地。

不過這種文化風氣亦毋須挽回，當時中國文化確實需要注入新元素，為中國的文學和國運注入新血液，促進國家民族健康的新生命。當時文學革命視傳統道德文化如敗履，未免不無過分，胡適後來亦漸漸改變對儒學態度。但他的「整理國故，再造文明」時至今天，也仍是當下為學的好方向。

【註】六項革新

1：自主的非奴隸的。2：進步的非退守的。3：進取的非退隱的。

4：世界的非鎖國的。5：實用的非虛文的。6：科學的非想像的。

從忽視到重視小說

小說一詞，古已有之。早在二千多年前《莊子》一書中說「飾小說以干縣令，其於大道也亦遠矣」。「小說」兩字又見於《荀子》，不過把兩字分拆開來：「故智者論道而已矣，小家珍說之所願皆衰矣」。莊子將「小說」與「大道」對稱，荀子將「小說」與「道」對稱，可見對小說的評價十分低。班固在《漢書藝文志》中說「小說家者流，蓋出於稗官，街談巷語，道聽塗（途）說者之所造也。」稗是小的意思，稗官是小官，是周朝初期及周代以前專採民間風俗、社會狀況，報告給官府知道的小官。這報告就是「小說」，所以小說昔日又叫做稗史。

古來小說不受重視

小說的「說」字，古代和「悅」字相通，「小說」便是說些不太重要的話，供人笑樂、消遣的意思。雖然以故事為多，卻並非一定是故事。故此最初的小說在內容上和精神上和今日所指的小說不同。如《韓非子》中有〈內儲說〉、〈外儲說〉；《淮南子》中有〈說小〉、〈說林〉；劉向輯《說苑》二十卷，第十六卷是零碎的理論。

明代胡應麟《少室山房筆叢》始將小說分類，分為志怪、傳奇、雜錄、叢談、辯訂、箴規六大類。清代紀昀的《四庫全書總目提要》將小說分三大類，一是綴輯瑣語，一是敘述雜事，一是記錄異聞。總括來說，小說是以「野史雜事」觀之居多。沒有什麼地位和價值，也絕對沒有創作的意圖和成分在內。

小說成於唐代

小說到了唐代，卻綻放出燦然華采。當時士人愛撰寫短篇小說，而且題材廣泛，既有仙狐戀愛，又有修道登仙、男女相戀，及至藩鎮相爭、俠客飄臨的動人描述。胡應麟說作者「作意好奇、假小說以寄筆端」，宋人洪邁評說「小小情事、淒婉欲絕。」小說已從「稗史」、「雜事」轉而道述人生際遇、刻劃入微的創作。唐代留下的小說，更是隨後元明清戲曲主要素材，使中國小說史進入成長茁壯、燦爛煥發的時代。

原來小說在唐代產生一種「經世」的作用，就是士人莫不希望一朝中舉，以光門第，但唐代考取進士競爭激烈，所以投考者每先創作小說投獻給主考人或藉此影響有權勢的人，加深對自己的印象。文人於是競作小說，以表現他們的才識史學和論見。風氣所及，競創佳篇，因而催生了不少優秀作品。

小說受到歡迎，是人們發現它可以提供娛樂。郎瑛在《七修類稿》中說：「小說起宋仁宗，蓋太平益久，國家閒暇，日欲進一奇怪之事以娛之。」一是說在深宮的仁宗以小說消閒，作為一種娛樂。同時，宋代民間亦興起「說書」，聽故事成了普羅大眾的娛樂，說書人更重視搜求和創作精彩的小說。

最初小說地位被忽視

現代小說和古時小說雖然在內容和精神上不同，但今日小說卻是來自古時小說一脈相承。初期小說被忽視有三大原因。第一點是評者以史學家眼光來看小說。正如上文所說古人視小說如稗史、如雜事，所以說它「誣謾失真、妖妄熒聽者」（紀昀語）。顯然指小說多載非真事。如鄭振鐸在《中國文學史》說〈虯髯客傳〉是「一篇荒唐不經的道士氣息很重的傳奇文」。為什麼說它「荒唐不經」呢？因為它脫離史實。饒宗頤教授在〈虯髯客傳考〉中說「文中與隋唐史事乖違至多，光庭文學之士，通達古今，諒不謬悠至此也。」該文多處指出脫離史實，若以史學眼光看來，的確一派胡言，有何足取？但小說內容非史實，反而證明作者創意之高。

其二因小說無經世價值。小說是街談巷語，非治國平天下的「大道」。士人又向來重視經書，因而對小說不重視，甚而羞為小說之作者，有作品也不敢以真姓名示人，皆因認為小說不能文以載道、有經世意義之故。

再者唐代以前無偉大小說出現，唐代以後大多數文士偏重於詩詞歌賦之創作。許多文人受老師宿儒影響，不重視小說，未能認識到偉大小說對讀者心性重要影響。直到清代金聖歎的出現，對小說大聲疾呼提高評價，為小說爭取地位，小說才開始為人重視。

發現小說的價值

小說雖非大道，明人已開始注意到小說的價值。明人謝肇淛說：「晉人之『世說』，唐之『酉陽』，卓然為諸家之冠，其敘事文采，足見一代典刑，非徒備遺忘而已也。……故讀書者，不博覽稗官諸家，如噉粱肉而棄海錯、坐堂皇而廢台沼也。」他以粱肉、海錯比喻小說和經典，認為不可偏廢，可見對小說價值的重視。

其實小說所述，都是人類生活的痕跡，即使有荒誕的敘述，亦不脫離人生喜怒哀樂、得失窮通的描寫。優秀的小說，往往含有人生哲理，不過並非當頭棒喝的規戒，而是由讀者自行領悟的道理，優秀小說所具備的啟迪作用，前人其實早已注意到。小說除了啟迪作用外，同樣能擴闊讀者的人生體驗，拓展視野。

孔子說「雖小道，必有可觀焉」。紀昀說「廣見聞，資考證」的話，便是說小說可以拓展視野。小說既屬稗史，則皇皇大典所不載，可知內有更多人生縮影、社會故事。一個人終其一生，所經歷時間和空間有限，多讀小說可從不同角度增加識見，瞭解世故人情、人與人之間關係，及瞭解社會矛盾與人心慾望。小說能增加人生體驗，怠無可疑。

梁啟超更認為小說可移風俗、開導民心、抨擊政治，甚而對宣傳政治都有重大作用，寫了著名的〈論小說與群治關係〉，從社會、人生、政治等各方面探討小說的重要。他認為好的小說，對社會人心的影響，遠勝「大聖鴻哲」書本。又認為「小說為文學之最上乘」，將小說推崇至史無前例之地位。

五四後奠定地位

一九一九年「五四」文學運動，受歐洲文學影響，小說被推崇至文學殿堂。胡適在〈文學改良芻議〉中說「今人猶鄙棄白話小說為文學小道者，不知施耐庵、曹雪芹、吳趼人皆文學正宗，而駢文、律詩，乃真正小道耳。」陳獨秀寫〈文學革命論〉也闡述小說的功用和價值，其後蔣瑞藻著《小說考證》、魯迅撰《中國小說史略》都能鼓舞人心。當時學者如鄭振鐸、孫楷第等人對小說或精心整理，或詳密考證，再大量搜藏。風氣一開，中國文士輕視小說的態度，可說完全肅清了。

時至今日，文人創作中以撰寫小說最受大眾歡迎。寫小說成了大塊文章，作者更易成名，其他創作反如玩味小道。作家之中，以成功小說家的地位最受人推崇，已中外如是。有人耽心社會的發展，電影電視的創作將搶去小說創作的殿堂地位。其實毋庸憂慮，許多電影的創作仍依賴成功的小說作為其創作的素材。君不見人說「劇本是電影的靈魂」，而劇本又多取材或改編自成功的小說。其實社會更渴求優秀小說，間接使電視電影大放異采。

從豪俠小說到香港武俠文學

今日社會都知道什麼是「武俠小說」。中國最早期的武俠小說，稱為「豪俠小說」。

武俠小說源自豪俠小說

中國在什麼時候開始有小說呢？許多人都同意唐朝才有小說，唐之前的故事只是小說的胎元，如六朝志怪或一些寓言。魯迅認為小說起自唐代，實因到了唐代文士才刻意地創作小說。而唐代後期的豪俠小說專注刻劃人物，開武俠小說的先河。如著名的〈聶隱娘〉、〈崑崙奴〉、〈紅線〉、〈虬髯客傳〉等，都是對人物作深刻的描寫。

武俠小說的源頭是唐代的豪俠小說。最初偏重豪士俠客的行徑。既歌頌英雄的本領和胸襟，也歌頌讚美無償義助、俠骨丹心、捨己為人的精神。將人性中的美、善本性呈現於文學之中。但隨後五代至宋，形勢一變。宋代武俠小說發展成偏重描述打鬥的武人故事，其中文言小說，又漸被白話的章回小說替代。到明清則成為揭露社會黑暗的公案小說和譴責小說，武人會為朝廷服務。到了民國，這類武人的章回小說又再出現了一個新局面。

從寫豪俠氣概漸而武打

宋小說分文言傳奇體和白話的「話本」兩種。宋時用說書方式傳播，產生「宋人話本」。

宋《夢粱錄》載：

說話者，……各有門庭。小說名銀字兒。如煙粉、靈怪、傳奇、公案、提刀、趕棒、發跡、變泰之事。……說經者，謂之說佛書。說參道者、謂賓主參禪悟道等等。

宋代說書人在茶樓台上講武俠小說，愛從俠客的雄豪義慨轉而多述打鬥時的招式，相鬥時的各盡武藝，以生動精采武打吸引聽眾。當時寫武打而有成績的，則是明代從「宣和遺事」擴展而成的《水滸傳》。《水滸傳》是豪俠小說一脈的傑作，豪俠武打精采兼備。到了民國，小說的武功寫得更神化，有奇幻如施仙法的，以還珠樓主的《蜀山劍俠》為最，極受一般「市井細民」歡迎。

民初武俠小說多姿多采

十九世紀末，上海由元代的漁村明代的小鎮、一躍而為通商的大埠，更發展成為繁榮的商業和工業製成品的城市。市民需要攝取精神食糧以調劑疲勞單調的城市生活，報章上消閒文字的副刊便應運而生。於是各式各派的小說陸續在報章相繼出現、生態蓬勃，文壇出現了大量通俗作家及通俗作品。

一九一五年包天笑主編中國第一本大型季刊《小說大觀》。當時，中國新文學發展正盛，而通俗文學也迅速發展。在眾多形式通俗文學中（例如鴛鴦蝴蝶派），武俠小說漸而匯成一股主流，名家輩出，名著陸續登場而極受歡迎。

武俠小說之熱潮，產生在民國初年庚子之後。梁啟超，楊度等人鑑於國家被日本人和西方人屢屢挫敗，要喚起重振中華民族戰國時代的「武俠」精神，提倡「武俠文學」。刺激一些知識分子撰寫褒揚武俠精神的作品。民初十年已成氣候，武俠小說有長篇亦有短篇，文言白話並存，璀璨一時。重要作家及代表作如下：

向愷然（筆名平江不肖生）：《江湖奇俠傳》

趙煥亭：《奇俠精忠傳》

顧明道：《荒江女俠》

姚民哀：《四海群龍記》

其時有「南向北趙」名家之說。向愷然風格是技擊加上渲染奇幻的描述；趙煥亭敘風土人情，神化武功；顧明道重俠骨柔情；姚民哀寫幫會武俠。作者各有所長，均有眾多讀者捧場。到了三十年代，又出現「北派五大家」：

還珠樓主（李壽民），描寫奇幻仙俠的《蜀山》系列。

白羽（宮竹心），描寫社會百態的《錢鏢》系列。

鄭證因（鄭汝霈），描寫幫會技擊的《鷹爪王》系列。

王度廬（王葆祥），描寫悲劇俠情的《鶴驚崑崙》系列。

朱貞木（朱楨元），描寫奇情推理的《虎嘯龍吟》系列。

就上述所列，已可見武俠小說從說豪說俠、進而兼重奇情。因武打之外，小說要另添創作元素方能吸引讀者。小說中有神怪玄幻、有人情世道、有幫會揭秘、亦有社會百態、情義並重，可謂多彩多姿。武俠小說的發展出現百花齊放的盛況。後來內地查禁一切武俠小說，武俠小說的發展戛然而止，無疾而終。

香港武俠小說現況

「武俠」一詞，原來出自日本通俗作家押川春浪（1876-1914）。因其所著小說以武俠為名，內容鼓吹武俠精神。國人受到影響，把這個名詞介紹到中國。中國刊物最先採用「武俠」一詞的，是梁啟超在橫濱辦之《新小說》。最早標明為「武俠小說」者，是林紓發表的《傳眉史》。嗣後，以「武俠」為書名的刊物便相繼出現，「武俠」一詞不脛而走。

香港五十年代報刊雜誌早有刊載「廣派」武俠小說。所謂「廣派」是指以廣府話（粵語）行文而寫的武俠小說。內容多寫福建少林再傳第子洪熙官、方世玉、胡惠乾等打鬥軼事。最初由佛山人鄧羽公寫《少林英雄血戰記》、《黃飛鴻正傳》等。當時較有名氣的作家尚有朱愚齋、許凱如（念佛山人）、陳勁（我是山人）等人。廣派武俠小說文白夾雜，專寫小地區打架故事，氣象狹隘。因成績不顯，未大受重視，新派武俠小說登場瞬即取而代之。

新派武俠小說登場

一九五四年一月香港太極拳吳公儀和白鶴派陳克夫兩位武師，從報章上罵戰進而約定在擂臺一比高下，賽事在澳門舉行。事件哄動整個港澳社會，造成熱門話題。當時《新晚報》編輯羅孚立即找梁羽生馬上寫一篇武俠小說應景。一月十七日比武，二十二日梁羽生的第一部武俠小說《龍虎鬥京華》便出場連載，梁羽生的筆法和「廣派」武俠小說迥異，用正宗的語體文，以文藝小說風格下筆。武俠之中，滲入少年男女愛情的分量也不少，大受歡迎。所以後來梁羽生被視為新派武俠小說開山祖。

後來金庸的《書劍恩仇錄》也在《新晚報》登場，行文暢達，運用文字出色，連載差不多兩年。金庸第二部武俠小說《碧血劍》和第三部《射雕英雄傳》在《商報》連載，已引起社會廣泛注意。直至一九五九年五月，金庸藉著筆下武俠小說的暢銷，才在自辦的明報刊出《神雕俠侶》。金庸前後共寫了十四部長篇，一部短篇武俠小說。

再現武俠文學

梁羽生和金庸的武俠小說出現，使香港掀起武俠小說熱潮，當時每張報刊都有由不同作家撰寫的武俠小說，廣大讀者也追讀不疲。武俠小說一時風尚，百花齊方，成為香港一種文化特色，且被視為能代表香港的「武俠文學」。八十年代台灣對武俠小說解禁，隨即出現大量武俠小說作品，武俠小說在華人社會蔚然成風，影響至今日。

選談西方文學巨著

喜歡文學的人，光讀中國文學作品，在今天看來，未免不夠全面，有點缺失。若我們輕視西方文學成就，將是大錯特錯。因為人性是共通的，甚而人性是永恆的。在反映人性，敘述人類心思行為的作品，縱然出現的文字不同，只要是真正優秀的作品，一樣會震撼人心，一樣啟迪不同國籍、不同文化人們的內心深處。

文學是人性的光輝

自近世紀胡適提倡新文化運動後，開始有大量翻譯外洋文學作品流入中國，拓展國人文學視野，使國人眼界大開。話雖如此，要在浩瀚書海中尋寶，或一一細讀外國文學以知其概，也極不容易。筆者幸運地購入一冊文詞典雅，文筆暢朗，以較獨特角度談西方文學的巨著，這本可喜的書便是劉述先著的《文學欣賞的靈魂》。

《文學欣賞的靈魂》可以作為閱讀西方文學作品的指引。對西方文學的初步認識大有幫助。所謂初步認識，只是對這文學領域一無所知的人而言，其實本書內文說得深入淺出，剖析中肯，靈活概括而不失趣味。豈是「初步認識」？作者劉述先認為出色的文學成就根本是人性的光輝，文學的靈魂，也就是人性的光輝。筆者認為欣賞文學，即是欣賞文學的靈魂。

《文學欣賞的靈魂》選取題材嚴謹，原則選取西方的而不選東方的，選取小說而不選詩篇，選取成就高的，選取自己喜愛的。其實他說不選東方的也有例外，內文有一章談《紅樓夢》，而他言下之意印度和日本也有好作品，但不準備談。其次說選取自己喜愛的，意指有些確是名著，不談，大概因為自己不鍾愛。至於成就高的，或許有些作品名滿天下，但認為「不高」便不談了。說出這些原則，大概免人對內容選材提出挑戰口實。

內容豐富，一書概覽西方文學名著

《文學欣賞的靈魂》共分二十章，談西方小說名著。作者以名著帶出作家，但有些章篇帶出作家後，再談及這位作家其他作品，本文概列書中作品作家於後，如歌德之《浮士德》、屠格涅夫《羅亭》、托爾斯泰《復活》、陀思妥也夫斯基《罪與罰》、紀德《田園交響樂》、高爾斯華綏《蘋果樹》、賽萬提斯《唐吉訶德》。

這本賞析文學經典之作《文學欣賞的靈魂》作者劉述先（1934—2016）先生，不宜說他是一位文學家，而是一位極負盛名的哲學家，是美國南伊利諾大學哲學博士。曾任香港中文大學哲學系講座教授及系主任。劉教授哲學著述豐富，但關於文學的，好像只有這冊《文學欣賞的靈魂》，看來有些奇怪了，筆者也是年輕時購入。此書一九七七年在台灣初版，算來該是他年輕時期的作品，是當日的文藝青年吧。

今引述劉述先教授在自跋中幾句話，可窺見他對文學的看法。

——真正高貴美妙的文學作品，照亮了四周，也滋潤了人們久已冷凍的枯槁心靈。
——動人的文學故事，能夠觸動我內心深處、而類比自己切身經驗的神來之筆感動而流淚。
——文學的本質在「感」；而哲學的本質在「思」。
——從來沒有一部偉大的文學作品、可以缺乏深邃的哲學思考、和豐富的人生體驗作為它創作的內容。
——文學、必須把抽象的哲學思考充實以血肉，渲染上絢麗的奇異光色，使它們活潑回復生意。

《文學欣賞的靈魂》的寫法很聰明，許多讀者未閱讀過談及的名著，空言賞析便像對牛彈琴了。所以作者對評述每一篇名作之前，都用爽朗的文筆簡述名著的內容，並描述及寫作背景，時代環境及有關作家的資料，故讀者對其描述對象都不會感到陌生，而投入作者的闡述，愈讀愈有趣味。

陀斯妥也夫斯基的《白癡》

本文試引述其中提及兩段小說，加深對《文學欣賞的靈魂》一書的了解：

陀斯妥也夫斯基的《白癡》，說一個被判死刑的人，在行刑前五分鐘，決定用一分鐘時間想念親人，一分鐘時間想念他愛的女子……、最後異想天開，如果鍘刀不會掉下來切去他可憐的腦袋，他從此一定能掌握生命的意義，過著光輝的生活。

果然奇跡出現了，他在最後一分鐘得到特赦。他是否從此光照自己的餘生呢？在作家筆下，數十年過去了，主人翁依然窮愁潦倒，四處漂零，生活的風霜在他蒼老的眉宇間留下不可磨滅的印記。小說的悲劇震撼人心，喝醒讀者的虛幻。

劉述先在文中說「我的心中一直為這個嚴重的人生問題盤旋著，終卷之餘，不禁茫然若有所失。」優秀的文學作品，竟然如此深沈，令人迷惘肅然；生活是如此困逼，人，是如此無助！

屠格涅夫的《羅亭》

屠格涅夫的《羅亭》，是部典型完美的寫實作品。筆者在年輕時第一次看到，和今日讀來，有完全不一樣的感受。

故事在美麗鄉居園莊展開，地主過世後只餘遺孀和女兒娜塔利亞，他們仍然保持和城裏優雅人士交往，藉此不被繁榮社會見棄。開場時正邀請城中一位見識廣博名士來作客，他會帶來高論使鄉舍鄰里廣增見聞。這位客人竟然遲到甚久，使各人有點不耐煩了，也帶著失望。

女主人的鄰居畢加素夫是較談得來的朋友，此人言語不凡，警句連連，可是憤世嫉俗，皆因事業失敗，但仍是園莊女主人母女的座上客，亦是周遭群中具特殊地位人物。久候的馬車終於來到，只來了一個帶信的青年人，信中說這位貴賓因事缺席，但附言誇耀帶信的青年才智過人，使人佩服。不過，在眾人眼中，他只是個平凡的青年，氣氛變得沈悶失落。

但不久，他們發覺這位年青的客人說話很奇特，眼光和臉容綻放出奇異熱情的光芒。他高談闊論人類應有的理想，不久激怒了畢加素夫，於是，兩人展開舌戰，激烈的辯論使眾人眼界大開。這位名叫「羅亭」的青年善於詞令，論據合乎邏輯，鋒利的言詞反駁得畢加素夫顯得愚昧和乏力。一時間羅亭成了園莊的明星，人人都喜歡聽他的言論和勸告，有一天聽不到他的意見，整天便像灰暗起來。羅亭因而受到園莊的供養，得到安逸的生活，無須到處流浪。

一天，鄰近地主列茲堯夫因事到來，遇見羅亭，原來舊相識。他並不像旁人一般欣賞羅亭，只作漠然的招呼，兩人都感到不自然。列茲堯夫年輕漂亮女友問他對羅亭的看法，他卻只有嚴厲的批評，女友指他偏見而嫉妒羅亭紅透一方的地位而已。

不久，事情發展意料之外，園莊沈默的女兒娜塔利亞竟然愛上羅亭。早熟而美麗的少主人已經長大，覺得心靈與智慧已超越母親。她被羅亭熱切的言論征服，內心灼熱地燃燒著。羅亭也相信自己陷入情網，最後相約私奔。娜塔利亞母親得悉後極力反對，和羅亭展開談判。拖拉好一段時光，羅亭才感到改為離開她們母女才是正確的決定。於是，借了少許聲言要償還的旅費便離開園莊。書到此處，真令人替這對愛侶感到難受，這是他們正確的抉擇嗎？

多少年後，列茲堯夫和羅亭無意中在旅店重遇，這時候他和羅亭已顯得蒼老。兩個少年相識的人再心無芥蒂，互相祝酒，談起少年往事。列茲堯夫回憶初見少年的羅亭也被他虛偽熱切的言論迷惑，影響他的決定而導致失敗，如今他不怪羅亭而只怪自己。羅亭永遠用美妙空洞言詞迷惑他人，其實是不停迷惑自己，終於一事無成。此時列茲堯夫和他祝酒，大概事過境遷而又憐憫羅亭的緣故。若干年後，羅亭死於一次革命戰爭中，藉藉無名，沒有人再記起他。

剖析傳奇人物成敗

屠格涅夫用纖細筆墨寫下一個這樣能言善辯，高談理論，而絕無實學，一事無成的人。筆者年輕時也竟然在社會上碰到兩三個這樣的人物，原來都是言語犀利，口上熱切，心冷如冰。因為太過聰明，自視高人一等，好指揮別人，不願務實。尤精於計較眼前得失，吝嗇助人，只愛自己，結果一生無成。小說《羅亭》反映世情深刻，令人低迴慨歎，感受至深。

歌德《浮士德與魔鬼》的疑問

大約七八歲已接觸到《浮士德與魔鬼》的故事。以當時天真無知，有電影看便拖著兄長的手入場，還記得是黑白電影。見到一個老人忽然變到年青，後來由年青變回老年人，不知劇情說什麼。當魔鬼出現，最初有點驚恐，後來只是另一個老人罷了。看戲時十分納悶，只希望劇情快快完場回家，長大後才知道這是一部中外聞名的經典。

百年傳說的《浮士德與魔鬼》

《浮士德與魔鬼》的傳說，早在歐洲流傳百年以上，當然有人早已寫下這個故事。但到了德國歌德的《浮士德》，才發出燦爛的光芒，使它成為一部警醒世人，令人深思的偉大文學作品。在西方文學傳流中，《浮士德與魔鬼》是希臘型寫實主義過渡到浪漫主義時代的作品。浪漫主義打破教條式的寫實，充滿玄幻的想像而又愛好描述個人的際遇和感受，為文壇帶來勃勃的朝氣。《浮士德》的開場便恍如希臘神話，天上神靈去決定人間的命運，痕跡明顯。

歌德《浮士德》的故事內容是智者浮士德和魔鬼訂立契約，交換什麼？浮士德甘於出賣自己，當然希望得到世上最寶貴的東西。是珠寶財富？是權傾天下的名位寶座？都不是，原來是青春！

德國作家歌德自青年開始，前後一共花了數十年時間才完成這部巨著。一直到八十二歲高齡臨終前的幾天，《浮士德》最後的幾行才定稿。這是一部長劇，氣勢磅礡，如洪流下瀉，每使讀者一口氣奔到最後一章。

兩次打賭，決定浮士德命運

故事的序幕是在天上，上帝遇到魔鬼，魔鬼說他可以使善良的智者浮士德墮落。上帝則認為人在努力中不免受到迷惑和試探，但最終正義必得到伸張。因而上帝與魔鬼打賭，看看魔鬼究竟能否控制浮士德的靈魂，使他永墮地獄，短短的序幕就此匆匆結束。

第一幕的開始轉到地上，年邁的浮士德獨處斗室，燈光暗淡，孤獨的他不禁緬懷過去。他一生規行矩步，追求正義和學問，曾以有生之年，研究高深學問，並學得精妙的醫術，從死神中奪回許多要逝去的生命，受到別人的頌讚。但他這個時候對生命感到懷疑，不滿足。他感到自己的智慧不曾指導他帶來生命的靈光，在感到孤獨絕望下，他想到自殺結束自己的生命。這時候，魔鬼適時出現，向他施行誘惑，可以使他回復青春，但要無悔替他安排命運。

他們立約之後，魔鬼領浮士德到「魔女之泉」，飲下返老還童之藥，回復青春，在魔鬼安排之下，認識純潔美麗的鄉村姑娘高瑞卿。不久兩人發生肉體關係，之後魔鬼給麻醉藥高瑞卿，她卻失誤毒死自己的母親。浮士德又在誤會中與高瑞卿哥哥決鬥，把他刺死。致使浮士德感到罪孽深重便遠颺逃亡，遺下懷孕的情人。高瑞卿經不起重重悲劇而失常，變成狂人，竟把初生的嬰兒浸死水中。

這時浮士德卻四處放浪狂歡，過了好一段日子，浮士德終於良心發現，務必回去再見高瑞卿一面，求她寬恕，並去拯救她。但高瑞卿拒絕了浮士德與魔鬼的救助。最後原是善良純潔滿是愛心的高瑞卿，得到上天的寬恕靈魂上升天國。後期浮士德再四處漫遊，立志要為他人的幸福而努力，在社會作出不少貢獻。晚年選擇一處偏遠鄉郊住下，他已是白髮蒼蒼的老翁了。這時他依然心裏不感到滿足，認為還有許多事可幹，但不竟體力衰退，心力交瘁而倒下，結束他在浮華世間再一次的人生。

魔鬼是否勝利了

魔鬼看到這情況，以為自己勝利了。但豈知浮士德的靈魂，已被天使接引到天國。因為浮士德在努力追尋為他人謀幸福中，已淨化自己的靈魂，擺脫了魔鬼的羈絆。究竟魔鬼是浮士德惡行的工具呢？還是魔鬼成了浮士德在罪惡中追尋救贖的助手呢？《浮士德》故事格局恢宏，意旨玄深。本人文字簡陋，只能說出這部偉大作品梗概。從粗略敘述中，可見書中人物都經歷不少引誘，要有不少抉擇，其中多是錯誤的，但也有正確的，每每令人深思其中的意義和事情前因後果的關係。

優秀的文學作品有如一場盛宴，有太多的東西給我們咀嚼。《浮士德與魔鬼》的情節其實不複雜。但卻惹來許多深邃而令人難以解惑的深思。上帝和魔鬼打賭，是不是有意愚弄人間的智者呢？萬一上帝輸了，浮士德永墮深淵，他是不是太無辜了？這是一個歐洲中世紀流行超逾百年的傳說，是否造就了歐洲哲學家宣佈「上帝已死亡」的先聲？是否早已反映當時歐洲人對上帝的失望？

《浮士德》帶來思考與啟迪

浮士德兩回遊闖世間的經歷，前後兩次有不同的意義嗎？如果沒有魔鬼的出現，開場的浮士德可以肯定上天堂嗎？再歷一次年青的浮士德埋沒良心浮浪的行徑之後，再向情人懺悔要求補贖；和前一次的人生都面臨孤獨終老，給我們有什麼提示呢？是否浪子回頭更有意義？浮士德的遭遇實在引發更多的人生問題給我們思考。

要是我們遇到想替自己訂立合約的魔鬼，我們希望在塵世上得到什麼？塵世中，是否最寶貴的便是青春？既然人生青春至為寶貴，為什麼許多青年偏偏虛擲光陰，荒廢青春？若年輕時遇到魔鬼，既然有了青春，還可以要求魔鬼什麼？我們相信命運是由上帝的安排，還是由魔鬼的操縱？最後，生命意義是什麼呢？中國賢人智者早有一套，但中世紀的西方人便是這樣迷惑嗎？

哲學家追求真理，文學家追求人世間的感受而體悟生命的價值。但無論如何，無論我們怎樣聰明，卻難以找尋得每個人同意的答案。看來，人生的意義，便是讓我們每個人去找尋自己生命的意義了。

德國茵夢湖的雋永

德國作家史德姆的名著《茵夢湖》，是個讀後雋永難忘的愛情故事。全部人物的性格高尚清純，絕無奸險自私之徒，卻在當日封閉鄉園社會，編織了一個滄桑無奈令人慨歎的生命之旅。

鄉間快樂的童年

序幕的展開，是一個孤寂的老人，正在沈思。牆壁上懸掛著一幅女子畫像，老人的思潮一下子倒退到數十年前。萊恩是個十歲的孩子，年長伊利莎白五歲，是和他在鄉居時兩小無猜的遊伴。一天兩個孩子亂跑亂闖到一間草屋，合作做了一張長凳為樂，萊恩要一起坐著說故事，但依利莎白對老故事沒有興趣。萊恩突然說長大要到遙遙的印度見識。依利莎白卻說永遠不會離開她的母親。

日子這樣一天天過去，兩人交往玩樂如舊。快樂的童年冬天在家中小屋子裏，夏天則多在田野和樹林追逐或散步度過。七年光陰很快溜過，萊恩要到城中接受高等教育。在他要到城的前一天，家人提議一眾朋友到茵夢湖鄰近樹林野餐。當日，年長的留守營地並準備一切，年輕的要去採摘草莓添作食用。萊恩和伊利莎白聯袂而行，一路野花芳香，把他們引進歧途。結果兩人空手回，被長輩責備一番。而萊恩卻把沿途美景和感受，以詩句寫下來，卻沒有告訴任何人。

過了幾年，一個聖誕夜，萊恩和同學聚會，聽到一個吉普賽女郎歌舞中淒楚的歌聲，自己也感到寂寥空虛，有點淒然。回到臥室，卻見到母親和伊利莎白寄來的聖誕信和聖誕小禮物，即把聖誕夜變得甜蜜起來。

過了兩年的復活節假期，萊恩回到家中第二天便去找伊利莎白，卻發覺她已長成美麗苗條的少女，但似乎有一種隔膜在兩人中間。知道原來繼承茵夢湖產業的友人義立，送了一隻小鳥給她，死去了，又再送一隻黃鶯兒給她。萊恩不想多說，找一個機會，把寫滿自己深摯感情詩句的小冊子放到伊利莎白的小手中。她也是無言的、默默的收下。臨別的一天，美麗的伊利莎白送萊恩到火車站，兩人帶著激奮的心情和期望的遠景而別。

此後兩年，萊恩在勤奮中度過，學業成績優異。突然接到母親的信，說伊利莎白拒絕兩次之後，終於嫁給義立，因她要順從自己母親的旨意。

舊地重遊　心有千千結

光陰飛逝，幾年後一個事業有成的青年來訪茵夢湖。原來單純而好心地的義立，誠意邀請萊恩到來盤桓幾天，主要是給伊利莎白帶來驚喜。萊恩見到的，依然是分手前溫柔苗條的身影，但當聽到她的聲音，忽然有一種錐心之痛。當年天真快樂的小姑娘，現在完全不見蹤影了。伊利莎白已是一個沈默寡言的婦人，像給生活壓得蒼白無歡。義立帶來一群朋友，帶來各地歌謠和萊恩帶來的互相高歌，氣氛十分愉快。只有一人在旁無言地偷偷窺瞥，看著當日在火車站道別的兒時遊伴。

義立因事要暫短出門，臨行前囑咐伊利莎白盡地主之情，一定要帶萊恩看看茵夢湖美麗的風景。兩人終於成行，但再不是採莓子的季節，兩人青春情懷已深埋在山林裏，兩人都不想表露內心感情。突然烏雲滿天，他們急急取道乘小船回程。兩人在小船中如此接近，呵氣可聞。伊利莎白用手扶著船舷，萊恩一面搖槳，一面偷窺她。只見她不敢臉對臉，癡癡凝望遠方，木然不語。一層無形的隔膜，隔著兩個人的癡心。回到岸上，想不到萊恩突然獨自一人，跑到湖邊。把剛才和伊利莎白一同走過的路，再慢慢重行一遍。

到夜幕低垂，義立回來了，萊恩沒有和他打招呼，竟是徹夜未眠。終於在晨曦中留下一張字條，離開寢室。萊恩想不到突然碰到同樣早起的伊利莎白，他忍心地穿過廳堂，向門外走去。終於，萊恩忍不住轉過身來，見到兩眼無神的伊利莎白，默然怔怔望著自己。她知道他永遠不會再回來……。終於，萊恩忍不住行前一步，向她張開雙臂。但眼前仍是一個木然呆立的她……萊恩猛然抑制自己的深情，垂下雙臂，掉頭向門外走去。朝陽的光輝有點刺眼，晨光正沐浴充滿生機的田野……。老人永遠不能忘記令他一生錐心之痛的一幕。

萊恩終於事業有成，贏得崇高的聲譽，在社會上是一位成功人士。但這個落漠的老人卻認為自己一生都失敗。如果人生可以再一次，他會不會不顧一切擁抱一下冷漠而又癡心愛他的童年遊伴呢？

純真的愛令人夢迴追悔

我看到茵夢湖三個字，不期想到美麗的女明星胡茵夢，聽說嫁了作家，後來分手。看完《茵夢湖》，使我想到：愛情，是否得著的，不及失去的美麗呢？

《茵夢湖》中愛情，只寫出萊恩的真情與癡心，入暮之年猶因愛而夜不能寐，數十年後對崇高的愛仍縈繞心間。但伊利莎白呢？她更可憐。她為了母親之命而犧牲了一生幸福的愛情。縱然義立不是個卑鄙不學無術的人，但不能為她帶來歡心，難補心中失去的一角沃土。今已身為人婦，在舊世紀鄉郊社會中可以做什麼？她的默然無言，已是對社會最大的抗議。她明知萊恩永遠不再回來，對童年開始所愛的人，想擁抱一下自己也不敢回應，是最大的悲劇。萊恩最後放下曾張開的雙臂，掉頭而去，是不是太無情呢？我們會為伊利莎白望著萊恩漸漸遠去的背影而掉淚嗎？

在史德姆筆下，萊恩和伊利莎白的愛情高尚純潔，情義兩全而又令人感到這麼傷心遺憾。他們的愛沒有激情詭詐，像小溪澗涓涓順流而下，一切都是這麼合理，卻撼動人心，為真情感到淒酸。

茵夢湖脈脈情癡的愛，恍惚至今仍在殘燭的空氣中閃爍著。

不讀歷史損失大

一位頗有才學的朋友曾經忿忿然說：「無論在哪裏工作，其實不是要懂處理事務，而是要懂得搞政治，搞辦公室政治。」大家亦可想而知，說這句話的人已成了辦公室政治的犧牲者。還記得年幼時一位歷史科老師說：「英女皇什麼書也可以不讀，但一定要讀歷史。」我當然至今也不知道這句話的真確性，但歷史知識與治人治事扣上關係至今仍深信不疑。

社會上許多具才幹的人未必會上過歷史課，尤其是工科理科出身之士。憑個人經驗觀察，他們在行業中成為翹楚，或有所發明，或對社會、機構有所貢獻，但遇到人事問題，處理人際關係，卻往往弄到一團糟，原因便是缺乏對歷史的認識和素養。要找尋人類社會的根源脈絡，要以前事為師，要知道自己的相對位置；要知道做人何時進，何時退；要知道處事輕重急緩，拿捏得恰到好處，都要多讀歷史。

作為領袖，或身處領導地位的人，都要熟讀歷史，否則，不是其位難保，便是舉步維艱。許多名人及政客，在公開場合發表言論時失言，都是缺乏對歷史的修養。因為待人處事，無論處理大事小事，除了歷史科外，再沒有其他科目有那樣完備的素材可資借鑑。故此奉勸未有多讀歷史的各界領袖、社會精英，再次翻開歷史細讀，可能見到一些面對的難題早已獲得解決的辦法，展現眼前是更宏觀的視野，更廣闊的世界。

在不同的階段，讀歷史有不同層次的要求。最初讀歷史要知道故事，後來要知道歷史的根源背景和發生的影響，再後是對事態得失的檢討，找出事態發展的必然性與偶然性而作前事後師的借鑑。例如最初知道宋朝王安石搞變法便可，其後是要知道為什麼他有變法之議？帶來什麼後果？為什麼失敗？當時政府又怎樣收拾殘局等等。這些問題歷史學家都有不同的看法，這是讀歷史趣味盎然之處，會啟迪我們的心思。當知歷史會不斷重演，既會相似，又有不同，不讀歷史，在人生旅程中，損失實在不少。

讀本國歷史更會培養學生對國家的感情及民族的優越感，推而廣之，是對整個人類文明的讚賞及投入，更而感受到生命的意義和生活的價值。青少年多讀歷史，是他們對付失落、空虛和誤解價值的良方。

筆者大概是讀中二那年暑假，撿拾得兄長買回來吉朋譯的《羅馬帝國興亡史》，斷斷續續的花了三十多天暑假才讀完。多次掩卷遐思，遙想創立羅馬帝國志士之偉烈；迦太基人與羅馬人之苦纏與英雄輩出；成功之艱辛，人心之多詐；大將安東尼揮軍入埃及之威武及墮落，比《三國演義》加上《水滸傳》還好看，真是有志男兒必讀之好書。此外，李定一譯塞德諾著的《世界史綱》，不過二百餘頁，讀後對西歐歷史文化便有宏觀概略的認識，如明白十字軍將士之所以多留鬍子，原來當時尚未發明可剃鬚的精鋼。

要說讀歷史的功用，最佳舉例莫如林同濟、雷海宗著的《中國之危機》（原名：《文化形態史觀》）。內中說及湯恩比以歷史形態學方法找出世界七大文明體系（四大文明古國加上希羅文化、回教文化、歐西文化）發展的必然性。其興起有因，其滅亡亦必然。此書也解釋了文明燦爛的民族和文化，何以最後總被低文化的蠻族侵滅，五胡亂華如是，羅馬帝國覆滅亦如是，讀後令人暗暗心驚。

有人以為中史課程最沈悶，有人認為近代史比古代史重要。這些言論，大概出諸非熟讀歷史者之口，湊興表示一下意見尚可，若認真認同，則貽誤下一代。

認為歷史課沈悶最主要的原因是沒有遇到好老師；近代史與古代史更非魚與熊掌般一定要一取一捨。至於讀歷史，有道五十年內無信史，許多歷史資料還未明朗，未浮現，或因人事關係而扭曲，若十多二十年前發生的事也作歷史來讀，則明末袁崇煥是個賣國賊、崇禎是最英明的君主、宋朝岳飛是個大叛徒、秦檜是萬家生佛的和平使者乎？最荒謬的是有人提議將中國歷史剔出課程以外。自古以來，只有被征服、將滅絕的民族才不能讀本國史，這種提議，實令識者浩歎。

韓信神秘身世成疑

楚漢相爭韓信橫空出世，兵鋒蕩平天下，打得西楚霸王項羽膽氣全消，烏江自刎，的確是個傳奇人物。但二千多年來，無人知曉韓信的身世。

韓信傳奇經歷

韓信是個怎樣的人，秉性品格怎樣，可從歷史留下故事窺見一二。胯下之辱說韓信年輕時是個遊蕩鄉市的人，衣食不周。他出行卻愛帶上配劍，以示高人一等。一次被市井屠夫取笑，說可以一劍殺他，以示豪勇，否則要從他胯下爬過受辱。結果年青的韓信甘於胯下受辱，了卻一次紛爭。另說他曾在亭長家中寄食，但亭長妻討厭他，故意早食，使韓信錯過時間，空著餓腹。韓信無計可施，到河邊釣魚充饑，但一無所獲。在河邊洗衣漂母見他可憐，給飯他吃，並激勵他莫遊手好閒。後來韓信被封楚王，回到故里，對漂母贈之千金報答，引為佳話。

及後天下大亂，韓信投身項羽門下，被編配為項羽帳前執戟郎，為項羽站崗。韓信感到沒有前景，不久便捨之而去，改投劉邦。韓信在劉邦陣營最初也是小人物，後來得緣在蕭何手下當個治粟都尉低級軍需官，他的才能漸被蕭何賞識。而韓信碌碌渡日，感到不能舒展抱負。當時劉邦形勢不妙，許多兵士逃跑。韓信一夜亦趁月色逃營。

蕭何突然聽到韓信逃去，連忙放下工作，不及報知劉邦，即時快馬追趕韓信，結果第二天才尋得韓信。韓信亦坦言大志，要作統帥大將軍才肯回營。蕭何回營後即見劉邦，說韓信是「國士無雙」能人，說服劉邦擇日齋戒沐浴，設壇拜帥。終於，韓信如願以償，成漢軍統帥。劉邦用其計策，明修棧道，暗渡陳倉，展開爭奪天下，為漢朝奠定數百年基業序幕。

韓信戰功彪炳，每戰皆勝，且每每在弱勢下運用戰術，以少勝多，殺得對方片甲不留。有人稱譽韓信為「兵仙」，此銜頭無稽兼無氣勢，大有侮辱韓信能耐。筆者認為譽之為「戰神」方恰當。人說「言兵莫如孫武，用兵莫如韓信」，確實的當。我國長勝將軍不少，但用兵如神，韓信當稱第一人。

韓信戰功彪炳　所向無敵

韓信帶兵出關中，即遇第一勁旅章邯大軍。章邯曾以二十萬秦囚徒鎮壓多夥抗秦義軍，打得義軍四散竄逃，未遇韓信前全無敗績。但章邯遇到當時藉藉無名韓信，竟敗下陣來。出關中後韓信另開戰線，一戰滅魏，再戰滅代，井陘背水之戰，巧妙運用陣勢兵法，破趙定燕。此戰對方將領李左車揭破韓信用兵之計，獻給趙代王陳餘，但陳餘自以為兵多數倍，驕兵不納，結果兵敗李左車被俘，被縛到韓信跟前。韓信親為之解縛，敬重有加，盡顯識英雄重英雄胸襟性格。

項羽率三萬楚軍，再敗號稱五六十萬劉邦聯軍。敗後劉邦跑到對岸韓信大軍處，私入兵營奪去帥印，帶領大軍而去，只留兩千人給韓信。但韓信即在短時間內招募新兵，他用兵如運掌，重新訓練成百勝雄獅，這才是他在歷代名將中過人之處。其後運用戰術以數萬新兵破龍且楚兵二十萬大軍，打得楚軍叫苦連天，潰不成軍。韓信最後以戰功被封齊王，成生命中最輝煌時刻。

戰神韓信具儒者性格

我們從韓信經歷，試看其性格。首先可以肯定的韓信熟讀兵書，連戰皆勝，仗仗凶險，斷無幸運之理。其次，韓信有讀書人賢上性格，得惠莫忘，知恩圖報。漂母一飯千金可見。韓信為齊王後，心存忠義，謀臣蒯通勸其自立，韓信以劉邦對己有知遇之恩，絕不背叛（終以造反罪被戮，明眼人均知莫須有）。韓信最後為皇后呂雉殺戮，全因蕭何使計（極可能為呂后所逼）騙入長樂宮而慘死。如此失算，皆因他敬重蕭何，是蕭何發掘他的才能，是蕭何向劉邦推薦他，韓信不想拂逆他，且絕想不到蕭何會陷害他，見到韓信坦蕩君子性格。所以後世才有成也蕭何，敗也蕭何的說法。總括而言，韓信並非一個魯將小人，而是一個飽讀詩書的君子。

以當時社會情況，普通人家絕不能讀書識字，韓信絕非普通人家孩子。以韓信日後表現的才能修養，除了讀書識字之外，一定受過長時期良好教育，其師尊亦非普通老師，而是頂級智士。漂母施飯時曾說韓信是王孫，許多人無甚在意。年青韓信出行帶劍，亦足深究。窮困食不飽的韓信何來巨資購劍？而當日階級觀念其嚴，一般平民不能亦不會帶劍自炫。屠夫嘲弄他非無因由，而韓信偏偏帶劍自重。實反映韓信出身非凡，十足貴族影子，落魄當時而已。

韓信身世　非凡夫俗子

韓信投軍，先在項羽帳下為「執戟郎」，與後來身為大將軍相比，當然卑微。但實則項羽對韓信已另眼相看。何有此說呢？「執戟郎」乃主帥項羽護衛，屬近衛軍，在兵士叢中，至為尊貴。一個新入伍普通人，何來得主帥青眼為近衛軍？想必有令項羽破格收錄原因，最簡單莫如韓信表露乃落難貴族，熟讀兵書。項羽自負兵法，未必看重自言懂兵之人，但若是落魄貴族，難免同情而看高一線，升格收錄為近衛軍。

及韓信入漢營作軍需官，職責軍隊後勤管理糧草，需要物料數目清楚，人事調動配合無失。韓信才能綽綽有餘，才惹起蕭何注意。蕭何素重軍中人才，必與韓信詳談，得悉大概。蕭何用人比項羽細心高明，料當時已知韓信曾受良好教育，身是落難貴族，文韜武略已逾常人。故不惜月下追韓信，向劉邦推薦時說他是「國士無雙」之輩。

劉邦齋戒拜帥 豈屬尋常

最令人大惑不解的，是劉邦與蕭何一席之談後，何以肯為旗下從未帶兵無名低級軍官齋戒沐浴，設壇拜帥？即使是昔日名將，一方之雄劉邦未必甘而為之，且將麾下眾將歸其指揮調度？如果說只因口才而說服劉邦，實不敢相信，應有更強力原因。若蕭何說出韓信根本是韓王血脈，早受文武教育，故月下追回。如蕭何說出韓信身世秘密，使劉邦動心，拜之為大將軍，則理由充分之極。

筆者有此推論，原來同時代有兩個韓信，為免混淆，另一韓信史稱韓王信，傳曾為楚國「質子」。所謂「質子」是皇室血脈，居外國為人質。若兩國交惡，即殺「質子」，齊桓公晉文公便曾為「質子」。漢朝多次公主出嫁匈奴和番，不少出嫁和番者非皇家公主，實由宮女代替，匈奴欣喜接收如儀。當時沒有照片，存心把「質子」掉包假冒，外人難以發覺。

兩個韓信與質子問題

筆者猜想點兵韓信本為「質子」，自幼受宮廷良好教育，學得一身本領。「質子」掉包後，自己留落楚國，亭長讓其寄食亦見特殊背景。韓母之塚氣勢非凡，而鄉中無父墳，無祖墳，肯定為外來者。韓信初期應有餘資及下人照顧生活，後金盡無以為繼，只餘一劍，求食度日，方展開多姿多彩不凡的一生。

韓信甘受胯下之辱，或更反證其尊貴身分，一介王孫，高貴自傲，不屑與市井相爭。若一生苦學，竟一時意氣，死於市井之手，何其不智？故甘心受辱，免空負一生本領，乘時而出，方是智者所為。後韓信果然吐氣揚眉，不負所學。至於身世真相如何，有待史家考證了。

按：韓王信是戰國時韓國襄王庶孫。

滿招損　吳越先後失國

吳越爭霸，國運此起彼落，全仗人才輩出，可以反敗為勝，而國君性格，更決定一國之命運。

吳越同系　竟成世仇

吳國和越國先祖都是原來生活在中國東南平原，長江中下游的古越先民。兩族同姓同語，同風俗的少數民族，許多地方都表明同胞關係。約公元前六百年，吳越都是楚的附屬國。越王允常時，越國勢弱，同時成楚、吳附屬國。

在吳王僚時，越國為表示友好，送了三把歷史有名的魚腸劍，盤郢劍、湛盧劍給他。吳王僚把其中的魚腸劍送給當時的公子光，公子光卻使計用魚腸劍殺了吳王僚，自己當了吳王，便是吳王闔閭。

當時晉楚兩大國相爭，吳距晉較遠，友晉；越距楚較遠，友楚。闔閭三年，吳命越攻楚而為越所拒，闔閭遂用兵破越國邊境檇李。幾年後吳國伍子胥領軍攻入楚都，越乘吳國都空虛攻之復仇。造成兩國不解世仇。越王允常去世，其子勾踐即位，吳王闔閭趁對方新君率大軍攻打越國。年青的勾踐亦帶越軍迎敵。吳軍有伍子胥，孫武頂級軍士人才，兵強力壯，陣容鼎盛。勾踐督促精兵拼命，幾次衝擊都敗下陣來，眼見敗亡。

三百死士　行徑駭人

這時越大夫范蠡想出絕計，讓勾踐在獄中挑出三百死囚，記下各人家屬名字，叫死囚到戰場上帶罪立功，為國犧牲，家屬將得到國家好好照顧。國家對這三百死囚封號「勇士」。他們拿著寒光閃閃的利劍，步伐整齊操步而來，在敵前排成三行，口中呼號著振奮軍心口號，突然個個在敵陣前刎頸自殺，三百人齊齊倒下。這個淒厲的場面即時把吳軍嚇得口瞪目呆，忘記身在戰場。這時越軍卻像猛虎撲向敵陣，吳軍猝不及防，潰不成軍，吳王闔閭倉卒逃走中受傷，後因傷喪命，越軍大勝。

吳王死後，其子夫差引為奇恥大辱，即位為吳王，命下人常站在庭中喝問：你記得殺父之仇嗎？而必恭敬答覆決不忘記。伍子胥更痛定思痛，加緊練軍戰備，一雪前恥。越國勾踐新君即位，一舉而勝，認為強大的吳國不過如此，生輕敵自滿之心，醉心享受帝王生活。

先勝後敗　勾踐恥辱求和

勾踐三年，聞得吳國加緊備戰復仇，便決意趁其準備未周，出兵教訓。范蠡認為實力不足，竭誠進言勸止。勾踐聽得不耐煩，打斷他的話。求卜問得吉兆決定出兵，終於在太湖兩軍相遇，最初未分勝負，後越將求勝心切，壓逼枉殺軍士，軍心散渙。吳軍在伍子胥領軍下大敗越軍，勾踐只餘五千甲士，退守會稽山。吳軍乘著勝利，分兵揮軍攻破越都，再回師重重圍困勾踐，實行殲滅戰。勾踐這時十分懊惱沮喪，向范蠡說出自己過失，求臣子想辦法脫離厄困。君臣反覆謀劃，都是只有低聲下氣向吳國夫差求和。

文種求和　聲容謙恭悽厲兼備

求和不能只憑空口求饒，要有人幫口。大臣文種先送大量金銀美女給吳太宰伯嚭，請說服夫差接受越國求和。伯嚭前因與楚有仇，助吳攻楚立下大功，被封為太宰，極得夫差寵信，而本身與越國無仇，因受賄賂而願作說客，使文種得見夫差。

文種到吳營地，膝行叩見吳王，說盡奉承的話。說「願以越國金玉子女補償大王。勾踐女兒來侍奉大王，越國大夫女兒侍奉吳國大夫、越國珍寶器物全部獻給吳國。勾踐帶領臣民追隨大王左右，全心全意聽從差遣。」若「大王一定要滅越國，則國民將焚燒自己宗廟，殺死自己妻女，將金玉沉入江中。然後越王帶領充滿愁恨五千甲士和吳兵決一死戰，以一搏二，先殺吳兵萬人而後亡。」夫差聽了文種的話，頗為意動。但伍子胥即提出反對，認為養虎為患。伯嚭則諷刺伍子胥只知勇武，不慈不仁，絕不可取。夫差終於接受越國求和。

勾踐降貴　屈辱偷生

戰後，越國只餘方圓百里土地，其他國土盡歸吳國所有。勾踐答應兩年後到吳國服役。時日既至，勾踐帶著皇后和范蠡入吳宮，留下文種治國。群臣在江邊送別的時候，勾踐淚流滿臉，仰天長歎，默默無言。想起命懸一線，舉起酒杯時卻突然說：身受如此屈辱，究竟是我的錯過，還是各位大夫的責任呢？眾人一時無語。范蠡忙說：古人說「吉者凶之門，福者禍之根」大王今日處於危難，焉知他日不能昌盛呢？眾人都說了激勵的話，灑淚而別。

勾踐第一次拜見夫差，非常恭敬地稽首行禮，說：罪臣勾踐，上愧於皇天，下負於后土，有辱大王親自領軍征討，懲罰我罪過，今沒有誅殺，大恩大德，感激羞愧。還說了一番阿諛奉盛的話。夫差見勾踐跪伏在他面前，而范蠡卻站在他身後，便不理勾踐，叫范蠡棄越投吳，以保富貴。范蠡卻說：亡國之臣，不敢言政；敗軍之將，不敢言勇。只願為大王打掃，供大王驅使。夫差知他心意，也不勉強。命勾踐夫婦二人和他居於石室，過著賤役般生活。

如此過了三年，勾踐夫婦工作毫不怠懈，臉上從沒有流露絲毫怨恨之色。這時身在吳宮勾踐君臣內心是否有怨恨，毋庸猜想，但勾踐內心必冀望早日回歸越國。期間文種不斷對伯嚭餽贈討好，盼說好話維護勾踐。伍子胥則找機會令夫差殺了勾踐，以絕後患。一次夫差遠望役中勾踐夫婦，衣衫襤褸，臉容憔悴，頗有放之回越之意，伍子胥立即諫止，夫差遂打消主意，勾踐繼續在石室度日。

人情只在反覆間　范蠡逃亡

當勾踐度日如年時，夫差在吳宮染上小病，擱置勾踐的事，過了兩個多月還未痊癒。期間伯嚭曾提及釋放勾踐，若赦免越國罪過，則吳王「功過於五霸，名越於千古」。夫差說待他病好，便赦免他們。

嚐糞道賀　感動夫差

過了一個月，范蠡知道消息，便對勾踐說：吳王病了三個月，和春季天氣有關，快到夏季便會痊癒。最好請求探望吳王病情，還設法嚐一下他的糞便，然後說病快要好了，向他道賀，我們便沒有危險了。勾踐一聽，氣得臉鐵青了，但回心一想，這是難得求饒機會，三年屈辱都挺過來了，以後還不知怎樣過日子，終於答應了。

在伯嚭的安排下，得到探望夫差的機會，夫差正好休息，伯嚭捧著吳王排泄物從宮中出來，勾踐上前用鼻嗅嗅氣味，看看顏色，又親口嚐了一下，若有所思地點點頭，然後進宮向吳王叩拜道賀，說吳王的病三天後會痊癒。夫差見自己病了三月，親人朝臣沒有一個如此忠心。一個敵國君王親口嚐糞，替他分析病情，不禁大為感動。立即下令勾踐移居宮內，不用勞役，並答應病好之後立即釋放。三天之後，吳王果然病癒，便大宴群臣慶祝，且邀勾踐為座上客。伍子胥見吳王完全被勾踐迷惑，氣得憤然離座。伯嚭對夫差說：伍子胥剛勇而缺少仁心，今愧對至仁之人離去，莫怪。言語似褒實貶。夫差也不與前朝功臣計較，開懷暢飲。

身脫樊籠　麻痺吳王

第二天上朝，伍子胥仍氣憤說吳越兩國世仇，勢不兩立，一定要殺勾踐。並以桀紂只知享樂，不知國危相諫。夫差聽了把他比作暴君，當然不高興，命他不要再說下去，認為放勾踐回國是天意。勾踐歸國，離別之日，吳王相送，勉勵勾踐莫忘吳國恩德，保持兩國友好關係。越王跪拜之後登車，范蠡執御，馬不停蹄疾奔越國而去。越國朝臣鄉親相迎相見，無不熱淚橫流，掩臉而泣。

越國這時全國軍民，感到君主受到莫大屈辱，同仇敵愾，感到無論什麼艱苦日子，都同心同德，要把吳國扳下來。勾踐回國後仍淡衣素食，甚而臥薪嚐膽，時向群臣請教富國強兵滅吳之道。朝中大臣亦以越王為榜樣，對自己要求嚴格，操守清勵，與百姓同甘共苦。

回國後，勾踐討好吳王，使民往深山伐千年美木，獻給吳王，派千名巧匠助築宮殿。夫差修建姑蘇台，五年才完工。又使全國婦女到山上採葛，織成黃絲之布，獻給吳王及後宮妃嬪，吳王大喜，將越國原來百里之地增加到縱橫八百里。越國男女離家苦工經年，悲戚無奈，皆以為苦，心中更恨吳國。伍子胥見到越國饋贈，又陳利害諫吳王，頓使夫差生厭。勾踐取得夫差歡心，吳王想北上稱霸，越國表示極力支持，即派三千軍隊參加戰鬥。吳王大喜下令恢復越國原來全部國土。

滅吳九術 逐一施展

復國之心，越人皆有。這時文種早已訂下「滅吳九術」。一是尊天事鬼以求福蔭（收攏民心），二是獻上財幣賄賂君臣，三以美女迷惑吳王，亂其謀（亦刺探王之動向）。四獻巧匠良材使建宮室，耗其財。五收買諛臣，使鬆懈警剔。六離間忠臣，逼之自殺。七高價購吳糧食，使民無餘糧。八越蓄兵甲（古時兵指兵器，非兵卒）備戰。九訓練軍士，趁吳疲兵時進攻。此外，輕賦稅，修水利，獎勵農桑。策既定，全國齊心一致。

越國使人唆使鼓勵吳王北上伐齊稱霸，消耗國力。伍子胥聽到要伐齊，高聲反對，當臉和夫差爭辯。夫差心意已決，並派他到指定日作戰。伍子胥認為窮兵黷武，長期作戰下去，國家必亡。於是帶了兒子到齊國，託付於貴族鮑氏。伯嚭偵得告知吳王，夫差怒極，但戰事在目，且按下怒氣。伐齊勝利後，伍子胥知道吳王恢復越國國土，流淚勸諫，說如此亡國之日不遠。說死後要將他頭顱掛在吳國城門上，要親眼見吳國滅亡。夫差聽後大怒，叫他不要恃功倚者賣老。伍子胥回家後對夫差發出怨言，夫差知道後派人送他寶劍，逼他自殺。死後將屍體放入牛皮袋，沉入大江（不能見吳國之亡）。伍亡於夫差十二年，越國除去心頭大患。

三戰滅吳 勾踐翻臉無情

夫差十四年（勾踐十五年）夫差揮軍勝齊後，大會諸侯，與晉爭盟主地位。六月，勾踐趁吳都兵力空虛，發兵攻入吳國都姑蘇，焚姑蘇城，一報十年之仇。夫差兵憊疲累，納厚幣向越求和，達成和議。勾踐十九年越再發動戰爭，大獲全勝。廿四年，越軍再攻姑蘇城，吳軍全無抵抗之力，吳王被圍山上，向勾踐求饒，結果被俘。夫差死前要求以布帛蓋臉，自言死後無臉目見列祖列宗。這個時候夫差可曾想到伯嚭和伍子胥？三次戰爭，相隔十年，越國滅了強吳。

越國復仇後大局已定。同年九月，范蠡向勾踐請辭，要遁隱江湖。豈知勾踐不准，且說若范蠡去國，將殺其妻子。范蠡說我妻子無罪，何理殺之？范蠡又與文種說勾踐其人「鷹視狼步」，可共患難而不可共富貴，應及早離去。文種認為自己功大無過，即使不為重用，最多沒有爵祿，勾踐亦無理加害。范蠡臨行前再給信文種，再勸速速離越，文種不為所動。勾踐掌權後先罷免文種，再藉詞譴責羞辱。文種於是不上朝，勾踐索性把他殺了。

復國三人下場各異

文種何以無罪而見誅呢？筆者認為有兩原因；一因文種能力太厲害，全國在文種管理下日益強大，聲望威脅越王。反映勾踐可有可無，奪其光芒。其次文種楚國人，一旦投楚，將成大患。范蠡早著先機，因與勾踐同處吳國三年，熟知勾踐個性刻忍狠絕，只見臣過，不見臣功（功是理所當然的）。其次自己親見勾踐嚐糞，勾踐如何容得你？早遁為妙。人傳范蠡離越後，與西施泛舟五湖度晚年。范蠡離越後到齊營商成鉅富，自號陶朱公。其實是「逃誅公」，盼逃過被誅厄運。勾踐殺了文種後，國內大臣人人自危，多藉故不朝，勾踐則北上爭霸。越國百年後被王翦滅楚時先亡。

吳越爭霸人物 展示人性

楚平王時伍奢是太子建老師，有子伍尚和伍員，權臣因個人利害唆使平王殺其父子三人。結果伍奢伍尚遇害，伍員逃亡至吳國。

伍子胥不知進退

伍員遇公子光想奪權，推薦專諸計殺吳王僚，成功後公子光為吳王，稱闔閭。闔閭十分敬重伍員，直呼其名伍子胥。後伍子胥助練精兵，使吳大勝楚，攻入楚都郢，伍子胥掘平王墓鞭屍三百洩恨。

夫差後敗勾踐，伍子胥執意殺之絕後患，伯嚭受賄而處處說吳王寬待越王。日久夫差對伍子胥忠諫生厭，及知伍子胥口出怨言而逼其自殺，沉屍江底。伍子胥有高瞻遠矚政治眼光，亦是一員深懂兵法悍將。他行事光明磊落，而遭伯嚭猜忌讒言誣害。吳國替他復家仇，他令吳王夫差稱霸，對吳國忠心始終如一。

伍子胥才幹不用懷疑，但性格缺點是知進不知退，招妒而不察，無視客觀形勢，尚以為只要一心忠勇，可犯忌無禁，自召橫禍。伍子胥不明白可以仕則仕，可以止則止之理，若能功成身退，隱居泉林，尚不失富貴望隆，一生無憾。

孫武兵法傳世

先是伍子胥推薦孫武，獻上所著《孫子兵法》十三篇。闔閭親見孫武，拜為將軍，提高軍隊質素。

後吳王傾全國之力，親率伍子胥孫武與伯嚭等奇襲楚國。多次激戰後大敗楚軍，最後攻陷郢都。孫武以三萬吳軍大敗二十萬楚軍，攻佔強楚，一戰成名，震驚中原諸國。

及後闔閭為越國新君勾踐所敗，傷重而死。夫差繼任吳王，孫武與伍子胥再整肅軍務大敗勾踐，報仇雪恥。之後孫武隱居於姑蘇務農為業，不再在江湖激盪。

伯嚭見利忘義

伯嚭又稱太宰嚭。出身楚國貴族，楚大臣伯州犁受忌被讒，結果株連全族。其孫伯嚭竟得僥倖逃脫，亡命吳國，聽說伍子胥在吳國受到重用，便立即急來投奔。伍子胥亦楚國貴族，與伯嚭雖無私交，但同病相憐，便舉薦給吳王闔閭。因兩人均恨楚，遂與伍子胥同謀國事。伯嚭對伍子胥恭敬相從，出謀劃策，朝夕盡力，終攻入郢都，一雪前恨。

夫差敗越稱霸後，驕奢自滿，放縱享樂，伯嚭則樂意奉承邀寵，慚暴露貪財愛色性格，屢收越臣美女黃金賄賂，為越國說項。不久在朝中欲一人獨大，伺機進讒伍子胥，置國運危機不顧。越降後十年復國，殺夫差。伯嚭間接助越復國，勾踐卻下令誅殺伯嚭，罪名是「不忠於其君，而外受重賂」。結果昔日受餽財寶，變成暫借之物，回歸越國。

不能說伯嚭沒有才能，但是安逸之後暴露貪婪無度性格，見利忘義，為爭寵猜忌陷害推薦恩人，人格忘本，卑鄙無恥。伯嚭本朝中富貴之士，奈何財寶求之不饜，終於財散身戮。吳國若沒有伯嚭，越要滅吳並不容易，真亡國之臣。

夫差有眼無珠

夫差繼闔閭為吳王。因父戰敗而亡，引為恥辱。遂勵精圖治，終敗越國令勾踐降而受辱，得雪前恥。夫差成功後即耽於逸樂，迷失本性，一改當年振武雄風。變為愛受奉承，對越國暗中滋長毫無戒心。夫差愛聽佞臣甘言美詞，疏遠曾立奇功正直之伍子胥，且因對忠諫生厭。及後賜死伍子胥，自毀長城。最後兵敗，被曾向自己戰戰驚驚、跪拜叩頭自稱罪臣的勾踐殺死，後悔莫及。

夫差由興轉亡，全因性格轉變放縱，自大自滿。既無遠慮，又無近憂。一國之君，成功時難免奢侈淫佚，歷史上多不勝數。此非最大罪過，最大罪過是寵愛佞臣花言巧語取悅自己，麻痺正確決定。以為佞臣愛王，誰知他更愛自己。小人甜言蜜語的話都好像你設想，可知旁人可以為自己設想，但過分設想甚而超越人性，則不能不警醒提防了。

勾踐忘義忘本

勾踐，有寫作句踐，又作鳩淺。吳越人物名字有其當地土聲本義，後人書寫漢字取其讀音，故父子姓氏或有不相干者。如闔閭本義太陽王，王子時人稱公子光，可見其義關連。勾踐戰敗求和、屈辱之極，卻能一一承受。且有忠心大臣范蠡文種等人殫思竭慮，無所不用其極救主救國，這是勾踐過人之處。

勾踐挫敗強吳復國後，立即顯露另一面為人不恥性格。勾踐在江邊與臣子作別時，竟問「究竟是本人錯過，還是各位大夫的責任呢？」眾人啞口不知所答。只此一問，反映勾踐絕無反躬自責，沒有因自己是最高領導人要負責失敗，而愛諉過他人的性格。

吳國既滅，范蠡請辭退隱，竟然以殺其妻作要脅，何其狠心無情無恥？回國後掌大權一年，即妒殺鞠躬盡瘁，為國辛勞十年的忠臣文種。無罪而誅，卻堂然皇然，無疑出自禽獸之心。

勾踐權傾天下，唯是獨夫一名，生有何歡？筆者試究其個性核心，即此人絕無感德感恩之心，簡單說即忘本。故前輩嘗言，忘本之人不可深交，信焉！

文種羔羊君子

文種原為楚國小吏，並不得志，與范蠡齊赴越國，立即被重用，范蠡受文種推薦才受賞識。勾踐兵敗，文種代表向夫差求和一番語言已見膽色才智。

勾踐赴吳為僕役期間，文種在越主持復國活動。獎勵生育，發展人口。招攬人才。體恤百姓，減輕賦稅。同時，文種設計「滅吳九策」，處處擊中吳國要害。

勾踐勝吳後宴會，文種祝酒時有句「良臣集謀，我王之德」。「君不忘臣，臣盡其力。」勾踐在歡笑中，聽了卻默然不語，臉無喜色。原來勾踐聽出含義，說復國是群臣之力，叫勾踐別忘記他們。勾踐卻只記得在吳受苦受辱，而群臣在越過著安樂日子。文種在國內以「七術滅吳」

（原為九術，其中兩術壯大越國）馳名，勾踐殺他前說：「七術尚未用完，已把吳國消滅了，餘下的策略，你到陰間對付吳王的先人吧！」便把文種殺了。

文種在政治圈中純如羔羊，只知道自己有功無過，認為勾踐沒有殺他的理由。但可知自己想不到理由的，別人也不會想到。這種淺窄想法，極易受人暗算，世上有「莫須有」啊！

范蠡功成身退

范蠡，世傳楚國人。學者衛聚賢考證本為西南夷人，蠡字為證據之一。在楚已有名氣，後來認識楚小吏文種，相見甚得，共投越國施展身手。范蠡自言長於外交與軍事，文種長於管治民生。故隨越王勾踐赴吳服賤役，留文種於越施政。十年生聚，十年教養，配合其他政策強越，使兵勇糧足，滅吳而稱霸。

范蠡才具冠蓋當時，夫差曾招攬不允，忠心勾踐。滅吳後功成身退，離越不知所終。范蠡深信飛鳥盡良弓藏；狡兔死走狗烹之理。傳范蠡後成鉅富，化名陶朱公，三致千金於民，與西施共度晚年，成為美談。

范蠡知進知退，知仕知止，知取知捨，既忠既隱。其高瞻遠矚，為歷來居功者藏晦引退之典範。

西施逐水桃花

西施，本名叫施夷光，生於越國施氏苧蘿村，住在西村，故稱之為西施，經常在江邊浣紗。

相傳范蠡一朝遇得，認為可獻予迷惑夫差。遂令居於大城，增廣見識。再由樂師教以歌舞儀態及宮中禮儀三年，與鄭旦同獻於吳王（有說吳王獨愛西施，而鄭旦鬱抑早亡）。

吳王夫差得大美人極悅，在姑蘇建春宵宮，築大池，池中設青龍舟，日與西施戲水。又為西施建娃閣、靈館。西施擅長跳「響屐舞」，夫差命人為她築「響屐廊」，使西施穿木屐起舞。裙繫小鈴，舞姿搖曳，舞步時鈴聲叮叮作響，令夫差如醉如痴，朝看美人，暮擁美人，不理朝政。

吳被勾踐滅國後，西施下落不明，有幾種傳說。有說皇宮被焚時自殺，亦說勾踐認為西施不祥，沉之於江。更多人相信早被范蠡安排救出，後與范蠡泛舟五湖，齊家安享晚年。筆者以范蠡之算無遺策智慧，寧信泛湖傳說。並認為西施作用並非只是迷惑君王這樣簡單，還有充當越國耳目，探聽夫差動向目的更重要。

有認為西施一人誤國，未免過於失實簡單。美女迷惑君王，只是諸多因素之一。使君王不性亂，朝中有忠臣能臣，社稷亦不易顛倒。王維詩云「艷色天下重，西施寧久微。朝為越溪女，暮作吳宮妃。賤日豈殊眾，貴來方悟稀。」寥寥數句，寫盡西施一生起落，如逐水桃花，命不由己。

孫臏龐涓同門恩怨

孫臏與龐涓同門，同在鬼谷子門下學藝，學的是兵法。在春秋戰國時期，百家爭鳴，大小各國互相攻伐，要兵強馬壯，最直接實用的是懂得兵法。

龐涓別師下山　把握富貴機會

孫臏龐涓同在鬼谷子門下學藝，顯然其志不少。而年紀相若，志趣相同，成為好友。孫臏是齊人，龐涓是魏人，國籍不同，但無損兩人交情。傳說龐涓向孫臏說，大家既同門學藝，假如一人能飛黃騰達，便提攜對方，共享富貴。孫臏亦贊成此議，共訂誓盟。龐涓且說，若有反悔，則萬箭穿心。

後來，魏王出榜招賢訓練軍馬。龐涓即辭別師尊下山輔助國王，據說鬼谷子認為他尚未滿師，未臻境界，最好再學習一般時間。但龐涓報國心切，又以機會難得，堅持下山。龐涓下山不久，鬼谷子對孫臏說，可以把秘不傳人孫武所著《孫子兵法》借給他參考。只借一月，讀後要歸還。因想到孫臏早晚亦會下山，便成全他。不久，鬼谷子好友墨家祖師墨翟到訪，在山上盤桓幾天，見到孫臏，也談得投契，也說用兵之道。一席談話，墨子發覺孫臏竟是個出世奇才，大為讚賞。

孫臏後至　亦見寵於魏王

過了一段時日，竟然有魏王使者親至，代魏王禮聘孫臏下山。孫臏大喜，到了魏國見到龐涓，連連道謝推薦大恩。原來龐涓已當了大將軍。師兄弟兩人相談甚歡，龐涓無意問，他離去後老師有什麼新學教他。孫臏說他得借老師秘藏的《孫子兵法》閱讀，新學了一些行軍陣法，可以從防守陣勢，立即轉為進攻陣克敵，龐涓大奇，那是什麼陣？孫臏說，這叫作「八門陣」，可攻可守。龐涓毫不經意地說：可以演練給王上看看啊！孫臏極表同意。

魏王邀得孫臏下山，十分高興，但也想看看孫臏的本領。龐涓便安排孫臏操練陣法給魏王看。一眾軍士集於校場前，聽候孫臏調度操演。龐涓對身旁魏王說：這是「八門陣」，可攻可守。魏王微微點頭，專心看兵士操演。果然兵士進退有度，氣勢儼然，大為高興。事後魏王隨口說，這是什麼陣法？好厲害啊！孫臏說，這是「八門陣，原是守陣，可立即變攻。」魏王心想，果然和龐涓說的一致，真是系出同門。他一時高興，要封孫臏為副軍師，與龐涓共同掌兵，同為魏軍效力。龐涓卻說：孫臏為師兄，豈能任副手？但目前孫臏無戰功，最宜當客卿，亦位尊富貴，他日立功，直接任命為軍師，豈非更美？魏王聽了，感到龐涓大度得體，能為人設想，倍加信任。

孫臏突至　不喜反懼

原來龐涓對孫臏到來，不喜反懼。孫臏到魏，亦非龐涓推薦，而是墨翟遊魏國時向魏王推薦，說龐涓師兄孫臏，兵法奇才，因而禮聘到魏。龐涓見魏王對孫臏另眼相看，寵愛敬重，長久自己必定失寵。而再次相見，確實感到孫臏更勝自己，故又憂又懼。當年兩手空空，順口雌黃。今日一人之下，萬人之上，富貴逼人，又豈會甘心與人分享？於是決心除去孫臏。

鬼谷之學盡是詭詐之術，一想到孫臏是齊國人，即計上心頭。過了一段日子，忽然有一齊國人拜訪孫臏，說聞得盛名，齊王請孫臏回祖國效力。孫臏推卻，說見知於魏王，目前是魏國臣子，禮遇之極，不能遽然離去，辭謝美意。並親書一函，回覆齊王。原來使者是龐涓手下人假扮，騙得孫臏手書，再冒孫臏筆跡另寫一信，表明向齊王盡忠，期間可刺探魏國內情。龐涓拿著偽信見魏王，說截得孫臏私函，趕來相告。魏王知道後大怒，認為孫臏不識抬舉，狼子之心。即召見孫臏，當臉問他有沒有接見齊使，孫臏直認確有其事。魏王見孫臏親口承認，怒不可遏，要即時處死孫臏。

龐涓設計陷害孫臏

龐涓這時在旁，慌忙為師兄向魏王求饒。說大王禮聘孫臏，天下皆知，不旋踵又殺了他，恐為天下人笑其反覆無情，有傷令譽。最後魏王決定削去孫臏雙膝骨蓋，再在臉上刺青，表明曾為罪犯。去膝蓋骨便永不能騎馬領兵做大將，臉有刺青是一種羞辱，世上豈有刺青將軍？部下豈會尊敬此人？這亦是龐涓處心積慮建議的奸計，留孫臏一命，但孫臏再不能與他抗衡了。

孫臏受刑後痛得暈死過去，龐涓使人運送到自己居所，命良醫為他治創，萬分呵護，進以錦食。孫臏極為感動，更多謝龐涓為他求情及諸般費心。三個月後，孫臏創傷漸漸復元，但只能盤膝而坐，終日愁思無聊。師兄弟倆閒話亦盡唏噓。孫臏說現在自己是一個廢人，也沒法報答龐涓對他的恩情了。龐涓忽然說，當下閒來無事，何不默寫《孫子兵法》給他參詳，而留下兵法，自己也可以名揚後世，勝於一事無成。孫臏一想亦有道理，可藉此報答龐涓吧，便命人交竹簡給他，每天默寫兵法。

識穿奸計　佯瘋逃出生天

過了多天，孫臏苦於思索，勤於默寫，一個年青僕人不忍，把聽得其他下人的話向孫臏說，你何必默寫什麼呢？聽說你寫完後主人要把你丟在靜室餓死呢。孫臏聽了晴天霹靂，他是個聰明人，思前想後，才知道原來一切都是奸計，龐涓妒才害他。即時發狂把寫好的竹簡全數投入火爐中，狂叫大叫，說食物有毒，有人要害他，行為全像一個瘋子。

龐涓趕來，只見竹簡已燒成灰燼。孫臏又嘔又吐，又笑又哭，頭髮披亂，全身污穢不堪，根本便是一個瘋子。孫臏見了龐涓，一忽兒揪著龐涓衣襟，一忽兒向他跪拜，啼啼哭哭說：鬼谷子老師救我！救我！有人要毒死我！龐涓見了十分討厭，急忙退去。

龐涓想到孫臏可能裝瘋，命人把他拖到豬欄，監視他。來人說孫臏愛在污泥中打滾，披髮髒亂，把食物丟棄，卻吃混和著泥的豬糞。常常大叫要回山。龐涓聽了，雙眉一緊，說讓他自生自滅好了。

孫臏發瘋，竟然傳到墨子學生耳中，又再傳給墨翟。墨翟肯定孫臏裝瘋，告知齊國重臣田忌，田忌用計使人以真瘋癲者混入豬欄把孫臏換掉，運送到齊國。

孫臏龐涓鬥法 高下立判

龐涓對孫臏毫不關心，孫臏被掉包亦無所聞，更不知孫臏到了齊國。孫臏到了齊國，因重臣田忌推薦而得齊威王賞識，在齊國安頓下來。齊威王要拜他為大將。孫臏推辭，說是殘疾之人為將，會被敵人恥笑，何況自己不能乘馬指揮軍隊，反舉田忌為將，自己輔助，齊威王允其所請。

孫臏初試啼勝 大勝龐涓

公元前三五四年，趙攻衛，衛盟國魏派兵包圍趙都邯鄲。趙派使者向齊求救。齊大臣鄒忌反對救援，但孫臏認為魏軍圍趙邯鄲多日，而魏國京都大梁空虛，揮軍直攻魏都大梁，同樣是救趙，更輕而易舉，這便是著名的「圍魏救趙」。結果，齊軍兵分兩路，一路與宋、衛部隊會合，圍攻魏國的襄陵。另一路由田忌、孫臏率大軍進攻魏國都城。龐涓得悉國都被圍攻，立即率領部分兵馬，輕裝從簡晝夜兼程回救大梁。孫臏早在龐涓必經之路桂陵設伏，龐涓料不到有伏兵，一舉而被擒獲。龐涓被縛到堂上，方見由兵士推出坐在車上的孫臏，頓時百感交集，始知同門兄弟孫臏變了最厲害的敵人。

過了不久，魏惠王與趙成侯在漳河邊結盟，撤出邯鄲。盟後齊國將龐涓釋放，龐涓回魏再度為大將。

幾年後，魏聯趙攻韓，韓昭侯派使者向齊國求救。齊威王應允作後援，但基於形勢，遲遲不出兵。韓與魏軍連連接戰五次均戰敗，求救更急。齊威王於是派田忌為主將，孫臏為軍師，率軍援助韓國。

卻敵戒心　減灶示弱

孫臏再次同樣採用圍魏救趙的戰術，進軍襲擊魏國首都大梁，龐涓得知消息後急忙從韓國撤軍返回魏國。第二次圍魏救趙，龐涓想著這次不會吃虧了。孫臏坐擁精銳，再派人領兵攻襲魏軍，龐涓刻意雪恥復仇，魏兵悍勇，廝殺倍加凌厲，殺得齊兵潰不成軍，聞魏軍而膽喪，怯於交戰。

另外，齊軍主力入了魏國邊境，龐涓即差人點數齊軍人數，點點齊軍扎營遺下火灶，約有十萬兵馬入魏，龐涓不敢掉以輕心，第二天再點，火灶只供五萬人之食。龐涓立即想到齊兵膽怯厭戰，逃亡者半。第三天再點，只得供三萬人火灶，龐涓大喜，料齊兵怯戰，大半人逃潰。於是加急追趕以雪前仇。便丟下步兵，只帶領精銳騎兵日夜兼程追擊齊軍。

將入夜時分，龐涓軍抵達馬陵道。此地道路狹窄，兩旁又多峻隘險阻。前鋒來報，入道後，前路有巨木橫七豎八亂放橫亙阻路，只有一樹露出白皮，隱約上有墨跡。

龐涓中計　死於非命

龐涓得報甚感奇怪，親上察看。這時天色晦暗，龐涓命人提燈看清楚白樹幹寫什麼字。只見寫上「龐涓死於此樹之下」，正驚疑未定之際，但見山坡兩旁萬箭齊發，軍士連連中箭倒下，淒慘呼號。龐涓霎時身中數箭，見到眼前景象，瞬知回天乏力，敗局已定，已陷孫臏佈置詭計。終於長歎一聲，拔劍自刎倒下身亡。齊軍乘勝狙擊，大敗魏軍，且活捉隨軍太子申回齊國。此仗使孫臏聲名遠播，孫臏要奸險無良的師弟龐涓付出代價，齊國也成了當時霸主。

原來這全部都是孫臏迷惑敵人之計。先是令人用老弱兵誘敵，會戰龐涓軍，結果大敗，造成齊兵懦怯無能假象。又計算得龐涓會點數齊軍人數，入境後再每天減灶，造成齊兵懼戰大量逃亡假象，使龐涓驕燥輕敵，失去戒心。再在馬陵狹道埋伏弓箭手。囑咐說：若見到大樹下有光，便萬箭齊發，向光亮處射去。

鬼谷子學說　師門多禁

一九七二年山東銀雀山漢墓未出土之前，許多學者疑孫武孫臏同為一人。某名學者更引經據典，證明推斷正確，不再懷疑。後來從古墓發掘得《孫臏兵法》，才肯定是兩人。孫臏其實是撰寫《孫子兵法》孫武後人，極可能同姓同宗。如今可以到書局分別買兩套孫氏兵法，互為參詳。筆者年輕時曾涉獵一下，發覺可能在今日商場更有用。

有關孫臏龐涓鬥法的故事，有幾種不同細節，但大同小異，無傷宏旨。筆者之說不過其中一種。至於鬼谷子學說，素來隱蔽神秘。大抵集合道家、兵家、陰陽家、縱橫家之說，頗見繁雜。鬼谷子是什麼人，亦甚神秘，難得詳確。筆者反而最相信不久前謝世學者南懷瑾之說。鬼谷子，便是住在鬼谷的先生。原非一人，可能有多人，都是學有專長不仕的隱士，包括各家各派。而「鬼谷」一詞，源自「歸谷」，乃風景秀麗智士歸隱之地。後人見其神秘，不明所以，誤傳為「鬼谷」，愈叫愈響，住在那裏的人物便稱鬼谷了。今書肆可購得《鬼谷子》一書。

但自古以來，讀書人都不贊成子弟習鬼谷子之學。一些較開明的，則表示鬼谷子之術也可以學，但要先學儒家正心修身學問，有了正心基礎，才可習鬼谷之術。何以故呢？賢師都說鬼谷之術旨在敗敵求勝，詭詐多端，甚而埋沒良知。若愛以詭詐對人，對方更用詭詐回敬，使人防不勝防。而不善於運用鬼谷術者，未傷敵人，反而禍及自身，賢師亦苦口良言。

鬼谷子同門縱橫天下

相傳蘇秦張儀也同在鬼谷子門下學藝，感情十分好。蘇秦是周洛陽人，張儀是魏人，兩人未成名前生活艱苦，都受了不少冤屈氣。

蘇秦本家務農，到齊國拜鬼谷子為師，學縱橫之術，欲得志於王侯，施展才能叱吒風雲。蘇秦學成後，適秦惠王招求賢士，蘇秦便去應徵，獻出他的安邦治國大計。當時秦國誅殺商鞅不久，不喜外來說客。秦王也不欣賞蘇秦的計策，沒有招納他。蘇秦只得怏怏而退。在外遊歷多年後，結果一事無成，窮困潦倒，只得回老家。

縱橫寒士　早年失意困頓

回到家後，家人認為他不務實，不事生產，只憑口舌招搖，瞧不起他。妻子不理他，餓得慌了，向弄好飯的嫂嫂討飯吃，嫂嫂也不理睬他。蘇秦十分痛心，狼狽萬分，感到讀書只是荒廢光陰，讀了也白讀。但過了兩天，卻想到不是讀書無用，而是自己讀得不精，未能把握精竅。於是再埋頭攻讀，除孔門學問外，連道家書籍也毫不遺漏精讀，感悟其中成敗道理。史傳他疲倦時用錐自刺大腿，刺痛自己通宵達旦苦讀。如此一年多下來，感到自己已脫胎換骨，充滿信心再去游說王侯，展青雲之志。

張儀也在鬼谷子門下學藝，學成後便下山游說諸侯。因本是魏國王族旁支，很容易楚國相國招納他作門下客，且得與相國酬酢共飲。一次相國丟失了寶貴玉璧，找來找去找不到。相國下人認為張儀太窮，貧窮起盜心，是他偷去的。他們找到張儀，痛打一頓，苦無證據，終於放了他。回到家裏，張儀妻子埋怨他不務正業，招致痛苦和羞辱。但張儀對自己充滿信心。認為口舌仍在，終有飛黃騰達一日。

秦國本位處中原邊鄙小國。其國君善於擅於牧馬，西周時職責便是為周王室養馬，所以其時中原國家都瞧不起秦，諸侯國聚會也不邀約參與。使秦室早生自卑感，因而圖強之心更重。秦國政策是便向各國能才招手，如范雎、商鞅、李斯都不是秦國人，卻能手握重權，把秦國壯大欺壓六國。

蘇秦六國封相　吐氣揚眉

蘇秦初次下山謁秦王而被見棄，今鑑於秦國氣勢，便主張合縱六國對付秦國。所以先到秦國敵人趙國作說客。趙國正害怕秦國強大，見蘇秦帶著抗秦計策而來，忙於宮殿中接見，一談之下大喜，以兵車百輛，錦繡千疋，白璧百雙，黃金萬鎰為禮物，用來聯合六國，共同抗秦。並拜授相印，封蘇秦為武安君。

在六國君主互相引薦下，蘇秦鼓其如簧之舌，指出各國強弱得失，分析天下大勢，合縱對付強秦的好處，結果說服六國聯成「合縱」戰線，共同對付秦國，使秦兵不敢出潼關一步。

蘇秦這時一人而佩六國相印，無比威風。從楚國回趙，護衛兵卒，執戈持盾，戍衛蘇秦座駕。

儀仗隊延綿幾里路，前後旌旗蔽天。各國諸侯派來的專使隨軍護送，儼如國君出巡，顯赫無比。蘇秦特意路經洛陽家門，蘇秦的嫂嫂、弟弟、妻子見到這副威儀，嚇得俯伏在地，頭都不敢抬。蘇秦亦躊躇滿志，以為天下威風莫若我了！

張儀求助　蘇秦冷漠

張儀這時亦聽得同門好友得勢，有人勸說張儀何不找好友敘舊，謀取一官半職。張儀便輕車從簡，直趨相府求見，盼能做蘇秦助手。蘇秦聞報，隔了好一段時間才在偏廳接見他。這時蘇秦國相位尊，錦衣華美，從僕擁簇，他招呼張儀坐下，寒暄兩句，便召來飲食。但飲食卻一般，不像高官佳餚。蘇秦也不像往日兄弟相稱，態度高傲，語氣如對下人，張儀不甘心中有氣。蘇秦隨即說：「你慢慢享用，我有要事處理，這裏的下人會送你走的。」說著便匆匆離去。

張儀想不到昔日好友對待他這樣冷淡，竟絲毫不念舊情，怕他攀附自己。大歎人情冷暖，更食不下咽。不禁對著素不相識的下人，痛罵蘇秦無情無義來。下人對他倒十分恭敬，聽了他們當年故舊的話，對他極為同情。想不到一出府門，下人也竟然對他罵起蘇秦來，說他平日對人刻薄寡恩，趾高氣揚。及想到張儀也是難得人才，勸他另覓明主。

張儀仰天長歎，說自己無行裝，無見面禮物送貴人，連敲門資格也沒有。那下人想了一想，說自己認識一個富人，也對蘇秦行徑極為不滿，可以向他求助，並說最好事成之後善待那富人。張儀見到一線希望，當即應允。而那下人更表示要離開蘇秦，追隨張儀。結果弄得錢財，置車馬，備禮物，向秦國而去。

張儀秦國拜相　同門縱橫天下

在秦國停留幾天後，送禮賄賂權貴打通門路，竟然可以見到秦王。秦惠文王正愁合縱之策，知道張儀是鬼谷子學生，另眼相看，十分重視。聽到張儀「連橫」之策破「合縱」，不禁大喜，即拜張儀為秦相，天天和張儀細談，對付蘇秦。

過了好一段日子，那下人忽然向張儀告辭，張儀竭誠挽留，並說自己並非蘇秦一類人，忘恩負義，要和那下人同享富貴。這時那下人卻說出來，自己全依蘇秦設計行事，故意傲慢激勵張儀。張儀到秦國行裝打通權貴禮物財資，全是蘇秦所出，蘇秦要替張儀謀得秦國相位。並說希望以後師兄弟共策合縱連橫，暗中互為照應，避免各國磨擦，頻生戰事。

這時張儀不禁長歎一聲說：「師兄啊！你的謀略師弟萬萬不及！」那下人任務已完，恭恭敬敬的辭別張儀回國，結果七國在蘇秦張儀暗通款曲下，縱橫天下，各國真的保持多年的太平，直至蘇秦去世，張儀才獨步天下。

人說歷史中孫臏龐涓和蘇秦張儀都是鬼谷子的學生，但四人年代不同，鬼谷子極不可能同為一人。或居於鬼谷的智者，人都稱之為鬼谷子罷了。

何以唐代牛李黨爭

中學時代第一次聽到牛李黨爭，是老師說李商隱的無題詩，很矇朧失意，是因為身處牛李黨爭的夾縫中，不得志而寫的，藉以抒發，故每多隱喻。原來老師太冬烘了，李商隱的無題明明是情詩，竟然不想在學生面前直言。但對什麼是「牛李黨爭」，始終沒有弄個明白。後來多一點讀書，才把它弄清楚，卻不禁使人歎息。

話說唐朝是中國輝煌年代，人才輩出。唐代除著名詩人外，文丞武將，如雲如雨之眾，留名千古者可隨手拈來。雖有安祿山之亂，而唐代尚見中興之日，但國運終於走下坡。人說唐代之頹敗有三大原因，是藩鎮割據、宦官為禍和朋黨之爭。不過筆者認為尚有一因，是帝主不夠英明，甚而可說是帝主無能。身為帝王的唐文宗皇帝常說：「去河北賊易，去朝廷朋黨難。」可見也自愧統御無能。

排擠政敵 種下仇怨

唐穆宗時，李宗閔千辛萬苦得入朝當中書舍人，前宰相李吉甫之子翰林學士李德裕痛恨李宗閔。他用盡辦法把李宗閔貶出朝廷，使李宗閔滿懷怨憤，誓報此仇。

不久，李德裕遭宰相李逢吉排擠，被貶外放，而時李宗閔老朋友，任御使中丞的牛僧孺因名聲清廉被擢升為相。及敬宗繼位後，李宗閔升任為吏部侍郎。此時牛僧孺、李宗閔高據廟堂要職，可謂吐氣揚眉了。

牛黨得勢　清洗敵黨

但世事難料，幾年後牛僧孺不滿敬宗昏庸主動辭相。到文宗即位，四朝元老裴度推薦李德裕，先入朝任兵部侍郎，準備拜相。李宗閔一知消息，非同小可，便賄賂當權宦官，唆使文宗請牛僧孺回朝任相。牛黨這時重操大權，即作政治清洗，大批李黨被逐出朝廷，名臣裴度亦未倖免。此時大約和牛僧孺等當初入京考試，求聞達升官已逾二十年。

李德裕既外放為西川節度使，想不到反而有機會大展身手，政績良好。當時敵陣吐蕃降將欲歸順大唐，牛僧孺主拒受遣回。後來監軍宦官對文宗說，這次遣回降將瞬即被殺戮，今後吐蕃無人敢降唐矣，牛僧孺實失策。文宗聽後遂疏遠之，牛僧孺亦知機，請辭外放。

李黨回朝　得勢不饒

太和七年，李德裕正式拜相，旋清洗牛黨，李宗閔被外放。兩年後，文宗討厭黨爭，同時貶謫牛李二黨。不料文宗不久壯年駕崩，武宗即位，召李德裕回朝。李借機會誣陷牛李等人串通外臣謀反，皇帝再貶牛僧孺黨人。李德裕此時心滿意足，飲酒賦詩自娛，認為得到最後勝利。

誰料，年輕的武宗亦不久便去世。唐宣宗執政，翌日罷免李德裕，外放荊南。牛僧孺等一天之內全部內調，權力再傾朝廷。

最後結局　令人唏噓

此時李宗閔年老，未及北上便死在貶所，同樣牛僧孺不久亦因老病故。此時李德裕一再被貶，一生幾番起落，今身在荒涼的海南島瓊山，只得於悽愴無奈中回顧一生的榮華與屈辱，不久在蒼茫國家邊陲中溘然長逝。機關算盡，所得幾何？兩黨人切齒為讎，又緣何致之？

溯源黨爭起因是憲宗元和三年，朝廷舉行「賢良方正」考試，選拔人才。當時低級官員牛僧孺、李宗閔赴京應考。在時務策中大膽指出朝政缺失，抨擊時弊，頗有見識。主考官對二人所論甚為欣賞，評為甲等。轉呈憲宗皇帝，帝亦欣賞嘉許。但這等得天子和考官讚賞的文章，間接得罪時任宰相的李吉甫。憤而指出考官之一的王涯，暗中取錄外甥，指證考試有黑幕。結果眾考官被貶謫，牛僧孺、李宗閔名落孫山，當時二人還被列入黑名單，正正如此揿開牛李黨爭的序幕。

牛李黨爭自唐憲宗時代開始，歷穆、敬、文、武、宣宗六朝。黨爭近五十年，帝國之內所有高層官員皆牽涉其中。時日之久，規模之廣，可見為禍之甚。尤令讀史者心痛，兩黨中人均自居君子，斥對方為奸詐小人。一旦攫取權位，用盡鬼魅技倆，無情報復，清洗對方力量。牛李黨爭曠日持久，兩黨把天下興亡，國家安危、百姓禍福，全罔然不顧，只著眼於黨派利益，個人得失，甚而投靠宦官，這些士大夫何來讀書人的氣節與人格？

而牛黨李黨頂頭上司，幾朝君主又何以視若無睹，無能至此呢？原來他們亦有難言之隱。這六朝皇帝均被身邊宦官或擁為帝，或藉勢把持。更有認為帝主壯年暴斃，有被毒殺者，正史亦不敢明言。明堂昏暗，為之奈何？

吳佩孚稜稜風骨

袁世凱做了總統，之後當了八十三天皇帝後，便一命嗚呼，中國政壇的形勢怎樣呢？

中原大亂　群雄逐鹿

亂世有力者勝，袁世凱手下馮國璋和段祺瑞擁兵至盛，最具實力。段祺瑞安徽人，安徽簡稱皖，故稱皖系。馮則被稱為直系。皖系尚有重要人物徐樹錚、段芝貴、靳雲鵬等。直系則有曹錕、吳佩孚、孫傳芳等。兩系人馬明爭暗鬥。此外，張作霖一股勢力崛起關外，勢力不可小覷，被稱為奉系。三大軍閥鼎立。其他各省大大小小軍閥各擁地盤，大有秦失其鹿，群雄角逐天下之勢。

格於形勢，利害衝突難免，三系人馬發生重要的直皖之戰和兩次直奉之戰。秀才軍閥吳佩孚因派系之戰而冒起，亦因派系之戰而殞落。惟吳佩孚逝世之時，卻舉國哀悼。時人對他的敬仰，非因他曾手握大權，曾炙手可炎；而是他的稜稜風骨，蓋棺定論。他大致可以作到貧賤不能移，富貴不能淫，威舞不能屈的氣概。吳佩孚死後受各派系一致褒揚，實有過人之處。

軍閥中一號人物

民國十一、二年間（1923，1924），吳佩孚如日中天，是人生巔峰時期。當時為中國國民革命軍一級上將，官至十八省聯軍總司令。被譽為常勝將軍。曾一戰克湖南，再戰敗皖系、三戰定湖北、四戰敗張作霖奉系。他的勢力控制著直隸、陝西、山東、河南、湖南湖北等地，擁兵數十萬，朝野仰望。

那時吳佩孚剛五十壽辰，以孚威上將軍威名，坐鎮洛陽，全國各地湧到洛陽向他祝壽，達官顯貴、文化名人及各國駐華使節便有數百之眾。當時康有為送了一副壽聯，上書：

牧野鷹揚，百歲功名才過半；
洛陽虎踞，八方風雨會中州。

對聯寫得既有氣派，亦合吳佩孚當時身分，眾嘉賓額慶稱善，吳也大慰平生。一九二四年美國著名雜誌《時代週刊》封面首刊中國人便是吳佩孚，譽為中國強人。斯時身處洛陽的吳佩孚可說叱吒風雲，睥睨群雄，一世之雄也。

起自窮困　投筆從戎

吳佩孚秀才投軍，確是罕有，而得遇貴人扶持，在軍旅中步步青雲，更是罕有，故事充滿傳奇。

吳佩孚一八七四年生，山東蓬萊人。幼年被父親送入私塾讀書，唸四書五經。後父親身故，與母相依為命。因家境貧寒，初到當地水師當兵，聊以維生。但他有上進心，會操之餘，仍努力讀書，在廿三歲那年，終於考得登州府第三名秀才。但一個寒門秀才，虛得小小功名，也不見有什麼前途。後來更因意氣之爭，與一群青少年鬧事，得罪地方富豪，逼得離鄉別井，逃到北京，靠寫春聯賣字卜卦為生。可是三餐不繼，每展愁眉，卻遇到家鄉堂兄，鼓勵他繼續當兵謀生。資助他到天津投入武衛軍，做個勤務兵在文書房當差。

當日文書師爺郭緒棟本是落第秀才，吳佩孚送遞文書時發覺他用錯典故，直言相告。郭大驚失色，原來碰到真秀才，大家坦言相交，談得興起，兩人成了八拜之交。郭更斷言吳終非池中物，更向上司段芝貴進言，保送吳佩孚到李鴻章辦的武備學堂。不久遇上義和團之亂停課，閒居一年，又得郭之活動資助，考入袁世凱的陸軍速成學堂，得到正式軍事訓練。到三十歲，終於成了一個中尉軍官。

得貴人青眼　時來運到

傳說吳佩孚後來升官有一段故事。不久因功升為上尉，尚在清軍第三鎮曹錕麾下辦事。到民國二年，曹錕率第三師進駐岳州。吳已是上校，隨大軍入湘（湖南）。湘督軍湯薌銘召將領開會，吳佩孚代第三師師長致詞，說得頭頭是道，見識卓越，湯大為讚賞。會後，湯見到曹錕，說他手下有個傑出人才，想向他借將。曹問是誰，湯說是吳子玉（吳佩孚別字）。曹唯唯否否，想到湯薌銘素有知人之明，恐怕自己走漏了眼，晉材楚用便不好。回到岳州，馬上找吳問話，還是看不出吳那有過人之處，但仍把他升任第六旅旅長。吳卻感激曹錕提拔之恩，此後一生對他忠敬有加。

吳佩孚在北洋軍系中，平日木訥寡言，不善交際，有「吳傻子」之稱，誰都料不到後來卻以言語得體，虛懷有禮，言不虛發而服眾，終於踏上青雲路。原來吳領軍打仗，早有一手，早有長勝之譽。

民國七年，吳佩孚以第三師代師長率軍入湘。一路克岳州、下長沙，入衡陽，節節勝利。部隊一入湘境，吳便嚴令全軍不准動民間一草一木，違者處死。故吳軍一路秋毫無犯。湖南人大感驚奇，因為同是第三師，但與五年前軍士狂暴截然不同，天淵之別，好像換了一批人，使吳軍深得湘人好感，湘人也沒有戰敗被征服感覺。

書生本色　和平至上

當地有湘軍將領趙恆惕，屬南方軍閥勢力，按理是對頭人。但吳入湖南後除不作君臨高姿態外，還竭誠和當地士紳文人論交。每日置酒高會，甚而大談孔孟之道，且對當地前賢彭玉麟稱讚不迭。他的誠懇謙和，文人的學識，贏得當地人友誼和讚賞，再不視之為敵軍司令而是書生將軍。其時湘軍師長趙恆惕雖與吳仍未謀面，但對吳一言一行早探報瞭如指掌，先有好感。吳又在人前不斷讚譽趙，趙亦表示甚欣賞吳之為人風格。在有心人撮合下，雙方秘密修好，同意解兵釋爭。吳佩孚更明白表示，他主張和平，共禦外侮（日本）。謂若南北長此相對，則兩敗俱傷，成千古罪人。如此氣候，湖南便出現祥和氣氛。

不久段祺瑞為籠絡吳佩孚、賜他「孚威將軍」名號，急急命他攻打兩廣國民革命軍。吳佩孚得令後按兵不動，而轄下旅長和眾軍士向上表示「民生凋蔽，不堪再戰」。曹錕則從天津跑到北京索欠餉，表示無餉怎打仗？到了八月，吳佩孚按兵不動，發出電文，載於報刊上，堅決表示北方軍人反對內戰，段祺瑞此時狼狽可知。

吳佩孚同時通電全國，希望「文官不貪污不賣國，武官不爭地盤」。又表明自己態度：「今生不做督軍，不住租界，不結外人，不借外債。」自律。一夜之間，區區一個師長，成了內戰中「和平使者」，一個南北勢力舉足輕重的人物。

吳佩孚通電表示建議南北議和後，又領銜率部請總統馮國璋電文下令主和，表示長江三督帥一體同意議和。三督帥全是以曹錕為首直系，吳亦要求撤出湖南換防。表明與段祺瑞的皖系抗衡，這便是直皖戰爭的伏線。電文一出，西南將領譚延闓等立即響應，廣東軍政主席岑春煊來電贊成，西南各省將領及民間團體紛紛通電附和，一致表示擁護吳佩孚，全國人民太討厭內戰了。但段祺瑞仍不肯下停戰令，要武力統一全國。

直皖大戰

吳佩孚向北京政府再三申請撤出湖南，段就是不理。吳佩孚鑑於時局氣氛，不再理會北京政府，自行與廣東軍、湘軍、滇軍、桂軍在衡陽簽定撤軍協議。吳以一師長地位取代政府，與南方軍單獨構和，其實他得到上司曹錕的默許，曹亦有心抗衡段祺瑞。

民國八年馮國璋逝世，曹錕成了直系首領。民國九年，吳佩孚鎮守洛陽，招賢納士、籌餉練兵，擴充實力。斯時，曹錕和吳佩孚開始在公開場合，批評段祺瑞政府的種種失誤：用人不當、禍國殃民。皖系這時知道，直系是要造反了。到民國十年吳佩孚已擁有十餘萬兵力。其後吳佩孚又奪得兩湖，直系顯然佔有中國的半壁河山。雙方都請關外張作霖入關調解直皖矛盾。張作霖迅速入關，進駐平津一帶。打算坐收漁人之利。然陸建章突然被殺而挑起直皖之戰。

事緣陸建章安徽人，本是皖系人馬。因橫徵暴斂，被陝西陳樹藩率兵趕走，陳再投靠皖系，又不被接納。陸建章感到被棄，自此與皖系決裂，聯手直系奉系。徐樹錚怕他對皖系不利，計騙親手將他槍殺。陸在奉軍地盤被殺，所以奉系趕緊通電批判徐樹錚，表示與之無關。變成直系奉系聯盟，奉系宣布支持直系的「和平統一」。

因陸建章款通直系被殺，吳佩孚與曹錕主力匯合，並與張作霖達成協議，組織了討逆軍，爆發直皖戰爭。曹錕擔任總司令，吳佩孚擔任前敵總指揮。對方段祺瑞擔任定國軍總司令，徐樹錚任總參謀長，段芝貴任前敵總指揮。一九二〇年七月直皖戰爭正式展開。接戰五天，皖軍大敗。皖系政府宣告下台。直系上台解散內閣，解散國會。段祺瑞回到北京宅子隱居，皖系土崩瓦解。吳佩孚無論聲望及實力，當時成為北方最大的軍閥。

第一次直奉大戰

由於直系勢力膨漲，奉系感到不安。張作霖拉攏徐樹錚壓制直系，要求取銷其通緝令，使吳佩孚憤憤不平。張作霖推薦梁士詒主財政，梁投桃報李，厚奉系薄直系，使曹錕不滿。適吳因事攻擊梁士詒，張作霖反唇相向，造成導火線。兩虎相持，必有一鬥。民國十一年，吳佩孚為總指揮出兵東西中三路，兵馬約十二萬。奉系張作霖為總司令，三路應戰，兵力逾十萬。雙方接戰數日，奉軍不敵，吳軍又勝一仗。奉軍接受和議，願意全部撤出山海關，直軍不進入奉天為條件，張作霖只得再做關外王。

吳佩孚原是追隨馮國璋的「和平統一」政策，但到了民國十二年，第一次直奉戰爭結束後，直系業已獨攬北京政壇大權，吳佩孚卻又步了段祺瑞的後塵，開始謀武力統一中國。不過，這時吳的老上司卻非這樣想，曹錕迫切想當總統，認為做了總統再統一也不遲。曹吳兩人意見不合，如日中天的吳佩孚絕無半點背叛之意，苦勸無效，只得回到洛陽集中精力經營自己的大本營。

終於，曹錕賄選醜聞名著於世，賄選醜聞一出，直系眾叛親離。吳佩孚對賄選也極為不滿，但還是從洛陽趕回北京，戎裝上陣，不拋離老上司。吳氏受曹錕的信任和提拔，滿懷感恩之心，服從之外，更有報恩的觀念，所以當時有人說吳乃愚忠一名。

兵敗下野　四不主義

一九二四年第二次直奉戰爭，曹錕任命吳擔任「討逆軍總司令」，戰事開打。張作霖上次戰敗後痛定思痛，銳意革新練兵兩年，加強軍備，已是一流勁旅。不料吳部下馮玉祥倒戈暗中勾結張作霖，突然叛變，調轉槍頭。事出倉卒，結果吳佩孚敗退雞公山，曹錕在北京被囚延慶樓。吳氏兵敗後應湖南省長趙恆惕之邀，入湘泛舟於洞庭湖。吳正值五二生辰，與兩年前氣勢如日中天有雲泥之別。趙省長知吳鬱悶，送了對聯使他寬懷，真夠朋友。對聯是：

生平憂樂關天下

此日神仙醉岳陽

及後南方革命軍在武昌誓師二次北伐，吳佩孚全力抗拒，但大勢已去，事無可為。於是他把一切軍權交付當年武備學堂老師靳雲鵬，再不聞天下事，拿得起、放得下。吳同時提出「四不主義」：「不納妾、不積財、不出洋、不居租界」。當時軍閥在得志時都積財納妾，失敗避居租界或出洋走避。吳佩孚真的做到四不主義，當時國人都稱許他是一條硬漢。

民族氣節　大義凜然

九一八事變後，日本加快侵略中國的步伐。抗戰爆發後，吳佩孚居於淪陷區，因聲望成日本特務的焦點。日本特務曾表示願奉送「步槍十萬支、機槍二千挺、大炮五百門，子彈若干，並現款百萬」助他東山再起，吳佩孚拒而不受。特務頭子土肥原諸多拉攏、威逼，都不為所動，未能讓吳佩孚放棄民族氣節。

其後日本為分裂中國而製造「華北五省自治」，請吳佩孚上台當傀儡，再被他堅決拒絕。一九三九年十二月，吳佩孚患牙疾，入日本醫院治療。從突患牙病入院短短幾天後，便傳出噩耗逝世。人疑土肥原威逼利誘無效，索性指使日本牙醫將其毒害，惟欠確鑿證據。祭奠吳佩孚之日，舉國哀悼，侵華日軍最高司令官也出席，而華北淪陷區的各省市三日之內均下半旗誌哀。一九四六年十二月十六日，國民政府再為吳佩孚舉行國葬，民國軍政要員等近萬人參加，清風亮節，極備榮哀。

遽然長逝　生死榮哀

人論吳氏做官數十年，統治過幾省的地盤，帶領過幾十萬的大兵。他沒有私蓄，也沒置田產，清廉有名，比較他同時的軍閥橫蠻肆欲，腰纏千百萬，實難能可貴。亦有說吳佩孚是北洋軍閥中最善戰的驍將，他深明韜略，長於治軍，所部操練勤奮，紀律嚴明。絕非其他軍隊能及。

其實吳佩孚是一位儒將，卻沒有人以「儒將」稱之。吳是位秀才，置身軍旅，當然會讀前人兵書。兵法以領軍嚴令部下秋毫無犯為首要。其次是論功行賞，吳據高位後即出通告杜絕親友請託，尤其鄉中吳姓宗族，使其知難而退。吳佩孚初在軍中被目為木訥寡言，不善交際，有「吳傻子」之稱。誰知吳傻子閉口不言，實燕雀不知鴻鵠之志，非遇到吐露之對象也。他先遇郭緒棟，一席話而改變命運，再在湘遇督軍湯薌銘，語出驚人，即向人推崇備至，豈為當日視之為吳傻子者可料？筆者認為此乃真正儒者修養，勝盡愛自鳴之道學先生。

吳佩孚能急流勇退，不再棧戀權力，尤深得「可以仕則仕，可以止則止」儒家進退之道，真是沒有辜負讀聖賢書的學問。吳佩孚不納妾，終身與夫人廝守，感情彌篤，在軍閥中僅有絕無。不棄糠糟，同甘共苦，一派古賢風範。其實吳佩孚若兵敗後放洋外國，際此多事之秋，不會被日人逼求變節，亦不會突然殞命。時歟命歟？只可訴諸天數。無論如何，筆者認為吳佩孚實民國第一軍閥，儒將一名，餘者難以比擬。

江湖軍閥張作霖

張作霖在關外奉天（遼寧）出生，據說他的祖家河北，父祖輩因荒年到關外求生，所以他在關外出生。

民不聊生　關外求活

原來東北為滿清龍興之地，滿州人入主中原後不准人民前往東北。後清室勢力崩頽，而山東一帶民不聊生，關外地廣民稀，許多人便冒險闖關東，聊作活計。當時，東北地方政府管治無力，盜匪如毛，槍桿子便是強權。張父闖東北時已練就一手好槍法，腰挾一槍走遍東北。他娶妻生子後，教導兒子槍法，俾以一生受用不盡。後來張父與人衝突，死於非命。三兄弟為父復仇不成功，反而要亡命天涯。

傳說張作霖年輕時曾淪落街頭，甚為窘逼，四處以散工為活。做過燒餅攤販、跑堂、木匠等等。還去深山採過藥草人參，生活漂泊。從他後來發跡看來，張作霖的觀人於微，處世待人得法，容易贏得人心，便是這個時候磨練出來的。

貧窮漂泊　智勇過人

張作霖曾向繼父學獸醫，學得相馬和醫馬技術。由於當時醫馬往往跟馬賊土匪打交道，因為他的性格豪爽，所以和他們關係很好，後來加入綠林，看來順理成章。當時關外富戶人家，為防馬賊綁票搶劫，都聘有護院多人保護家小財物。張作霖便曾和十多個結義兄弟做護院，身為頭領。

有一次，一股搶匪數十人奔來搶劫，人強馬壯，看來難以對敵。張作霖一人排眾而出，說不用廝殺多傷性命，要和對方首領比槍，決定命運。對方首領自忖槍法出眾，概然應允。槍聲一響，張作霖身上中槍，卻快槍打中首匪眉心倒下，賊夥震驚，眾人歎服，商議後一致擁張作霖做首領。張作霖這股團夥變成五十多人，氣勢大了許多。後來他們離開小鎮，成綠林好漢，浪蕩天涯。張作霖天生領導才幹，當時東北烽火處處，弱肉強食，有槍便是王。張作霖領導的團夥，與四周敵股勢力對抗，或戰或和，智勇雙全，都處理得當，漸漸收編壯大，雄據一方，成為「鬍匪」最出名一幫。

接受招撫　傳奇故事

光緒二十九年(1903)滿清派趙爾巽為盛京將軍，趙見「鬍匪」林立，剿不勝剿，為求地方安定，決定招撫，編入軍隊，也可以藉暴制暴。趙爾巽早已探知張作霖驃悍勇武，有計謀，有膽色，在東北大有名氣，遂刻意輾轉籠絡，訴之利害，安撫招降。當時除張作霖外，尚有張景惠、馮德麟三幫最強人馬願意受撫，聽說此三人曾結拜為兄弟，共同進退。及至談妥條件，又有地方要人做保，不會學李鴻章殺盡太平天國降將般是個騙局，張作霖便率眾來歸。一眾兵馬走到奉天城外，已日暮時分，張作霖堅持要住宿旅店，次早才入城。入夜，張突然肚子劇痛，在牀上不斷翻滾。官差問他是否煙癮發，要抽大煙止痛。張答說此乃舊患，大煙不能止痛，但家有秘方，屢試不爽，要吃百隻雞舌白菜餡餑餑（水餃）可止。官差認為如此緊急，豈能求得百條雞舌？急惶之下，不敢作主，即奔入城內報趙爾巽。趙大帥聽了，哈哈大笑，毫不猶豫，下令急辦。一時下人急急張羅小雞舌做水餃餡，弄到天將拂曉，才弄得一大碗雞舌白菜餃給張止痛。張作霖只吃了三枚，即擲箸而起，霍然而癒。隨即請官差為他加上銬鐐，匍匐而進入總督衙門。趙爾巽見到張如此輸誠，忙快步上前為他解縛，多言嘉勉。由是張作霖做了趙屬下營長，由鬍匪一變而成軍官。

招撫納降　各表誠意

人問張作霖何以家有如此秘方？張說秘方其實自己獨創，看看趙爾巽是否有心招納。若百隻小雞也不願宰，不願辦，顯然無真誠意。如今痛快照辦，足見老帥有愛將之意。自己亦戴上銬鐐見他，以表誠意機投靠，否則的話，當日自會帶部眾重回山寨，再無法無天。筆者遐思，張作霖之智，逾於常人。但趙將軍亦老於江湖，高人一等，如此爽快答應，豈有不知其計？正是君子不言，相知於心。

張作霖當了軍官，亦盡力辦事，靖平匪患。後來徐世昌調到東三省做首任總督，張因有功授為巡防營統領。張的勢力則隨時局演變而壯大。到民國成立，張作霖和把兄弟馮德麟兩部成了奉天軍主力，張任廿七師師長，馮任廿八師師長。袁世凱陰謀稱帝，為了籠絡各地軍閥，便輪流召集師長級軍人到北京，加以撫慰，也聽聽他們的口氣。張作霖被召之列，民國四年，他帶了一營衛隊入北京。

乍見元首　感激好奇

張作霖在袁部大員陪同下見袁世凱，像昔日見皇帝般向他下跪叩頭。袁見到這位身裁小小，文質彬彬「鬍匪」出身的軍人，見他有點生怯，一點不像綠林大盜。張作霖以為見到天下至尊的人物，一定威武莊嚴，誰知是位笑容可掬的老頭兒，氣氛頓時輕鬆下來。張作霖開始用好奇眼光環視總統府內事物，像到了大觀園，這些書畫磁器等精美擺設，可能張作霖當時從未見過。袁在談話時，細意交談，絕無上司架子，張感到這位總統倒可親近。袁世凱偶然拿出袋錶看時間，張下意識地伸長頸了去看看是什麼東西。到告辭的時候，雙方到感到十分投緣愉快。

張作霖回到停居不久，袁世凱也已命人把袋錶送來。張作霖既詫異又感激，打從心底佩服這位總統。事後袁世凱對心腹說，人人來到總統府，都正襟危坐，不敢張望的。但這位綠林出身的師長，是胸無城府，是講義氣的人，我不用耽心他。張作霖當時是衷心佩服和感激袁世凱的，他也對心腹說：他以為我見識不多，愛小利，他不會怎樣防範我的，我放心了。所以後來袁世凱稱帝，他立即呈致電文表示支持。

袁世凱稱帝後，蔡鍔唐繼堯在雲南起義，袁全力應付南方軍隊，並勸張作霖赴湖南。袁稱帝封張為子爵，與張期望封候爵有距離，所以反應不積極。後來袁得密報張起草奉天保安會章程，頗有獨立意味。袁怕南北腹背受敵，急忙下令命張作霖為盛京將軍，統領整個東北軍務，是為東北軍正式落在張作霖手上之始。

張作霖民族熱血

張作霖當了東北首長，面對逼切的日本野心和壓力。先是民國四年，日方向袁世凱提出廿一條約，有軍事鐵路財政多方欺壓條款，均未能實現，其一原因是張作霖不同意。

周旋日方　智奪先機

日本總領事吉田茂來談如何進行東北各條款，張作霖表示「滿蒙地位特殊，不受北京新約（廿一條）束縛」，主張由他與東北地方首長另行協議。日方當然強力反對，盛氣凌人對張說：「不接受的話，我們日方另有辦法。」張和顏悅色說：「好吧，有辦法便拿出來，張作霖恭候。」日方議談失敗，改派另人主談，張作霖已因公事入關，把事情拖過去。所以世人多認袁世凱與日所訂賣國廿一條，已造成中國重大損失其實是誤會。袁簽的是修改後的廿一條，且多沒有執行，提出條約的日本內閣亦因而倒台。

日本人認為張作霖是馬賊出身，一定很簡單，威逼不行，便行利誘政策。但張作霖久歷江湖，打滾的積累人事政治經驗，利誘也無效。張作霖御下有方，能進能退，又有應變機智，簡直是個天才領袖，日人大感頭痛。後來體察到他的政治欲望，便慫恿他問鼎中原，為他奔走，為他策劃。於是奉天的日本顧問愈來愈多，日人替他蒐集情報，策劃如何進軍。兩次直奉之戰，與馮玉祥之戰，奉軍的日本顧問佔了極重要位置。乍眼看來，雙方好像是關係密切的夥伴。

張作霖對付日人確有一手。相傳一次日兵和奉天兵因事打架，結果奉系兩名士兵被打死，張命人找日方算賬。到了日營，對方說不過私人打架，打死人每人賠償五百銀元了事。張作霖知道後，叫士兵再挑起事端，蓄意打死三人，再叫部下拿了一千五百銀元賠償給日人。日本方面無話可說，無可奈何，又不能發作。

勢力膨脹　控制北洋政府

第一次奉直之戰失敗後，張作霖退回關內，再積極發奮備戰。第二次直奉戰爭奉系取勝，段祺瑞就任臨時執政，張作霖幕後控制北洋政府。一九二六年四月，張學良部下郭松齡反叛，聯合馮玉祥回師逼張作霖下台，結果失敗。五月張作霖擊敗馮玉祥，直接控制北洋政府。十一月張作霖在天津為孫傳芳、吳俊陞、張宗昌、閻錫山等北方軍閥推戴為安國軍總司令，統一指揮，對南方國民革命軍作戰。

一九二八年四月南北各路軍戰事同時爆發。張作霖系兵敗，六月退出北京，在回瀋陽老家途中，火車近皇姑屯車站被炸，身受傷重，回府不久身亡。事後證明由日人安放炸藥。一九二八年十二月二十九日，其子張學良通電全國，表示服從南京國民政府領導，宣告奉天、吉林、黑龍江、熱河四省易幟，改五色旗為青天白日滿地紅旗，史稱「東北易幟」。南京政府成中國唯一政府。日本人對此發展，極為失望。

東北三傑　各有專長

張作霖手下有三名出色骨幹，號稱東北三傑，對張的事業有很大幫助。三人是王永江、楊宇霆、郭松齡。人論沒有這三個人，日本人早對東北動手。日本人覬覦東北三十年，延到民國二十年才敢動手，因為這三人都身故了。王永江以理財見稱，主張安民，令東北富庶，使張作霖支度無後顧之憂。楊宇霆以謀略著名，郭松齡以軍事見長。王永江任財政廳長時，奉軍歲收不過九百萬，經他整頓後，年年達四千餘萬。故可動輒以數百萬元購外洋軍火，以千萬元擴建兵工廠，使奉天成為全國最富強一省。

楊宇霆遼寧人，出身日本士官學校，足智多謀，有小諸葛之稱，為張作霖參謀長。奉軍敗於吳佩孚後，痛定思痛，力思武備再戰，以雪前恥。楊於是殫精竭慮，重新悉心設計各項軍事計劃。經費充裕，包括用三億元自建兵工廠，是當時中國唯一兵工廠，招上海之歐洲軍火商前赴洽商軍火與軍工建設。又禮聘留學德、英、軍工人才，薪俸從優，尚加回國優厚旅費，一時軍工人才雲集東北。楊並促使少帥張學良帶練兵帶兵，為奉系添生力軍。故兩年後第二次奉直之戰，一舉而勝。可見江之理財，楊之策劃，郭之練兵，皆居功至偉。

愛將突叛　有驚無險

郭松齡奉天人，考入四川陸軍學堂，畢業後久久不得志。第一次奉直之戰失敗後，楊宇霆叫張學良找人練兵，郭松齡才有用武之地，他練兵有方，悉力以赴，把素無鬥志奉軍，變成一支善於作戰勁旅。第二次奉直之戰得勝，郭松齡確勞苦功高，但因與楊宇霆不和，毫無所得，且處處受到抑制。郭深感不平，當時只有牢騷，並無背叛張作霖之意。

二次奉直之戰。馮玉祥本吳佩孚手下，受了張作霖五十萬元而倒戈，間接使直系戰敗。但後來馮被張學良逼令向其父叩頭，便懷恨於心。馮玉祥本性視反叛為上進梯階，知郭對奉軍不滿，暗中挑撥郭松齡背叛張家，與自己結合壯大聲勢。郭松齡自始追隨少帥張學良，深受知遇之恩，尚在猶疑。最後感到功高被壓，一生將無出頭之日，決定叛變，且取得日軍默契，應允予日人利益。

郭松齡舉「清君側」（討楊宇霆）之旗，向瀋陽進軍，氣勢極盛。要張作霖下台，交權給張學良。張作霖大驚失色，與楊宇霆向日人關東軍洽商，要求中立。日方即宣佈南滿鐵路二十里內外不准運兵，好像中立，實遏止郭軍進攻之勢。當日張學良不在郭松齡軍中，知道事變，在天津急回瀋陽領軍抗逆。郭軍在戰場見到張學良掛帥，許多軍士都說：「我們吃張家糧多年，怎能打殺張家軍？」紛紛棄械投降，郭松齡立時兵敗，被就地槍決。

愛國不移　日人不甘

張作霖雖然是土豪出身，但極愛國，愛民族。日人早想咬入東三省，均被他或軟或硬擋回。早前日人曾提議把日軍改穿奉軍制服替奉系作戰，被張一口拒絕。日方知道張作霖綠林出身，最講義氣，及郭松齡突然叛變，張遇滅頂之災，若伸出援手，他一定知恩必報，以後可挾恩使張就範。張作霖早料日人要求回報，對親信說：「日本人向我提出要求，只要我個人辦得到，決不吝嗇，但牽連國家權利，我堅決拒絕。」張作霖是和日本人合作最多的軍閥，但亦是拒絕日本野心最徹底的軍閥，因而惹來殺身之禍。

終於，張作霖把私人存在銀行的五百萬日元，全數捐贈關東軍司令部和關東州都督府，其他文武官員也有餽贈。五百萬日元在當時可說是天文數字，張作霖卻一手奉贈，他的豪情勝概令日本人心折，但有人知道張愛國心絕不會變，不會受日人利用，遂暗中定下謀殺計劃。預料張學良接手勢弱，要借助日人安定權力。豈知事與願違，事件加速東北軍投入全國懷抱。

功高震主　不知收斂

楊宇霆其實亦一人物，受張作霖器重，聲譽日隆，他愈看不起少主張學良。姿態跋扈，埋下被殺伏線。日本少壯軍人亦重視楊，常向張學良挑撥與楊的感情，楊宇霆深受張家恩惠，但換了主子並不知收斂，旁人也感到張作霖死後他愛張牙舞爪，少主張學良對他提防亦毫無警覺。

楊被殺前兩星期，大做生日三天。張學良送五萬銀元壽儀給他，有人向張報告楊藉生日糾合各路諸侯，張聽後不無感受。野史傳聞楊宇霆始終是功臣，張殺楊前猶猶豫豫，最後有求神問卜，將兩銀元連擲三次，若三次都是同一幣面向上便該殺，結果如是。楊被請開會，逗留一小時許，忽然兵士進來，要拖楊出去，楊不肯離座，兵士即場槍殺之，結束了東北小諸葛的性命。楊之被殺，傳聞頗多，真正原因，恐怕只有張學良知道。筆者認為、張學良全心寵信之部下郭松齡都會突然叛變，對心理甚有影響，取其性命不足為怪。

少帥張學良登場以後，中國政局又掀起新局面。

蘇雪林談戰國域外文化

蘇雪林（1899-1999）筆名綠漪，是民國初年著名的散文家。當時與冰心齊名，被稱為兩位「冰雪女作家」，一時瑜亮。她在北京高等女子師範畢業，後赴法國留學，回國後任蘇州東吳大學、武漢大學等教授。一九四九年到香港，翌年赴法國巴黎研究神話。一九五二年到台灣師範大學、成功大學任教，著作甚豐，成為研究西亞神話權威，此中著有四冊《屈賦新探》，近二百萬字。

西亞域外學者紛紛來華

一九三八年蘇雪林在武漢大學教授中國文學史，寫有研究戰國時代屈賦的筆記。一九四二年衛聚賢為吳稚輝八十祝壽，向她邀稿出版古史專號，於是她將《天問》筆記加以整理，以便交差。既然打算刊出，她便到圖書館借了《山海經》、《淮南子》，及漢代各種緯書來參考。後來發覺屈賦中有許多外來哲學、宗教、神話成分，便再到圖書館借取原版的埃及、巴比侖、亞述、印度的神話來參閱讀，愈讀興趣愈濃。像受到感召一樣樂此不疲，埋首於中外神話和傳說。

一九四三年她開始研究域外文化，最先是「《天問》裏的舊約《創世紀》」。蘇雪林在撰作的《天問正簡》中自述研究的心得。先說一般人認為中國是文明古國，文化是自己創造出來的。

在漢代以前，從未與外域溝通。但她認為在夏商以前，中土便曾與域外高度文化接觸。第二次約在公元前三世紀，即戰國中葉，屈原所處時代，希臘、波斯、西亞、印度等文化大規模傳入中國。有許多外國學者和宗教家，親履中華，著書講學授徒，鼓吹各種學說，造成戰國時代文化鼎盛局面。

域外西亞和印度學者何以來華呢？蘇雪林認為當時西方馬其頓王亞歷山大侵略歐非亞三大洲有關。因中西亞以至印度地區戰事連連，生靈塗炭，難覓淨土，學者遂結伴避亂到東方。而齊國當時國力強大，繁榮富庶，不啻東方樂土，盛名之下吸引大量波斯、希臘、印度學者來華。像鄒衍（又名騶衍）高談海外見聞，言及天下大九州、大瀛海，引得時下中土智士嘖嘖稱奇，便是其中之表表者。燕齊方士斯時齊集於鄒魯，實非無因。

戰國時代傳來大量域外文化

許多人認為基督教傳入中國之始為唐代之景教，蘇雪林文章說開封有兩石碑，稱「一賜樂業」碑，一碑說宋代傳入我國，一碑說周時已入中州。多認第二碑不可信。「一賜樂業」今譯以色列，以色列人宗教更似周時傳入，春秋戰國時已為人所知。今日聖經中阿伯拉罕，古稱「阿無羅漢」。而戰國時代人類女祖公認稱「女媧」，相對即後來聖經所譯之「夏娃」。

其實研究中國上古文化，只讀儒家經書實在不夠，不能忽略道家經典《道藏》，也應多參考佛門經典。而漢代出現一部與經書相對的《緯書》，更不可忽略。漢代《緯書》多域外傳來的寶貴知識，而正統儒家學者都認為是荒誕典籍，不鼓勵後學閱讀。如《緯書》中〈言地動〉

載「地恆動不止而人不知。譬如人在大舟中閉牖而坐，舟行而人不覺也。」《緯書》又說「日有九光」。劉師培說「而隋禁緯書，亦為蔑古」。蘇雪林說若從六經，二十四史中窺探中國文化全貌，實不如逕從《道藏》收穫之豐。《漢書．天文志》所言天文有可與西洋天文相印證者。黃道十二宮，全世界文明古國若合符節，曆法亦大同小異。皆因古巴比侖神話散落全球，許多民族的宗教和神話傳說都受古巴比侖蘇美爾民族傳下的神話系統影響。

《天問》自古難解

楚辭中《天問》素來難明，最初見於《史記》屈原列傳，二千多年解讀都不順人意。司馬遷說它「怪迂」，王充《論衡》說他「詭異」、「汪洋無涯，多驚耳之言」。班固曾說《天問》，《離騷》那些「宓妃」、「佚女」、「崑崙」、「懸圃」，既不見於中國經傳，則必為異端，大可不必理會。揚雄和劉向說「不能盡悉」。胡適〈讀楚辭〉反對屈原的存在，他批評說「天問文理不通，見解卑陋，全無文學價值。我們可以肯定，此篇是後人雜湊起來的。」《天問》一篇，因為文理雜亂，典故出處多不見於中國古代歷史。其餘許多學者對天問既不能譽，亦不敢毀。

「天問」一詞頗為怪異，是何因由呢？漢屈賦權威王逸說：「天問」其實是問天，但天尊不可問，故不曰問天而曰「天問」，解釋亦極合理。說到內容方面，蘇雪林認為屈原曾使齊數年，聽到鄒衍談論域外天文地理，及一切知識，寫下文章記載之，亦屬平常。要了解它的內容，要從了解西亞的神話和傳說入手。

屈原是個大詩人，大作家，後人全無依據又何能說屈原醉後夢話？對於難明典籍，亦有一批學者好考古求證，憑上下文而推敲，但《天問》連古時學識廣博，見解卓越的劉向和揚雄都不能解，蘇雪林認為是「亂簡」所致。

蘇雪林認為《天問》是亂簡

所謂「亂簡」便是說古人著書，都刻在竹片或木片之上，再用綿繩串聯而成書。若藏書年日久遠，綿繩朽腐斷開，竹片便散亂了。若文意深奧難明，又被不懂文字下人搬到另處收藏，竹簡便會亂雜，內容便錯亂無從再辨了。

蘇雪林既認定傳下的《天問》是亂簡，便決心把它重新排列，要回復原狀。但在她悉心揣摩排列之下，竟然出現有系統的章法和切合和應聲韻。她把自己重新排列內容的《天問》稱為「天問正簡」。

整理後全篇分五段，每段文句各有定數。第一段天文，共四十四句。此段簡索未斷。第二段地理，四十四句，錯簡頗多。第三段神話，錯簡最多，四十四句。第四段歷史，分夏商周三代。每段七十二句。第五段亂辭，今存二十三句，應失去一句。全篇章法整齊之極。

《天問》不是記敘文，全篇都是問題。但作者用意非向人詢問，而是設問，由問題而引出事態的答案，作者本身已有答案，這屬於寫作上引出答案的一種寫法，亦非中土人士愛用寫法，域外文章風格甚濃。民國三十二年起她將《天問》文句重新編排次序，整理前後三十年方定稿。認定《天問》是「域外文化知識的總匯」。

《天問》中所載「創世記」部分

今只談《天問》中創世記部分。此部分僅有二十句八十字，只是粗枝大葉的略述。但仍說及亞當、夏娃、生命樹、守樹天使、魔蛇、洪水、挪亞方舟、巴別塔及亞當子孫的繁衍。有關創世記文字如下。

> 登立為帝，孰道尚之？女媧有體，孰制匠之？＊＊＊＊＊＊＊＊？
> 何所不死，長人何守？靡萍九衢，枲華安居？一蛇吞象，厥大何如？
> 鼇戴山抃，何以安之？釋舟陵行，何以遷之？厥萌在初，何所億焉？
> 璜臺十成，何所極焉？

蘇雪林解釋，認為「登」是名詞，是亞當。一賜樂業碑文提及「阿耽」，即阿當。女媧是夏娃。第二句乃問，女媧的身體，是怎樣製造的。意在引出由丈夫身體的肋骨所造的。第三句缺，以意度之，是寫伊甸園及智慧果樹。

「何所不死，長人何守？」「所」，指不死樹，即聖經中的生命樹。長人，指天使，古人想象中天使甚高。我國漢代梁武祠有帶翅天神守果樹石刻，蘇認為亦與創世記有關。「靡萍九衢，枲華安居？」蘇釋：「九衢，盤根大樹。枲華，小花」。句意是「根盤九衢之樹不為不大，而像枲華的小花開在哪裏呢？下句是能吞象之蛇，大至什麼樣子呢？」（按：難道伊甸園之蛇，大可以吞象？）

「鼇戴山抃，何以安之？釋舟陵行，何以遷之？」此節述及洪水及挪亞方舟故事。前句似指女媧斷鼇足立四極事，列子有鼇戴五山故事。後句「釋」，有下放之意，說洪水時方舟浮於水面，後下放於高山之間。

「厥萌在初，何所億焉？璜臺十成，何所極焉？」這幾句說及巴別塔子亞當子孫繁衍。「璜臺」，指巴別塔，「何所極焉？」問這樣高臺，其終點將達何處？「萌」，同民義。「厥萌在初」，即初民，即最初人類。繁衍億萬，所往何處？「萌」，亦可指草木萌芽。草木萌發展萬萬，散佈至何處？

中國文化存活世界文化的驕傲

無論蘇雪林的解釋是否令人信受，也不能抹煞她的努力。關於文化外來問題，她有這樣的看法：西亞兩河流域蘇美爾人（古巴比侖人）其一部族渡海到山東建立雛形西亞國家，如古史書所指鳩爽氏、薄姑氏、萊人（有外來者之意）……等，後被消滅或同化而遺下宗教思想文化，為地方文士傳承，非指蘇美人是我們祖宗。

中國既是最年青古國，接受外來文化有何羞恥？何以有失體面？我們有一種民族自尊心觀念，輕視域外文化。認為堂堂中華上國，夷狄之邦文化豈能與堂堂中華文化相比，須知西亞蘇美爾人，巴比侖，亞述等文化發展比中華早許多，先進文化乃人傳我而非我傳人更合邏輯。

其實中國是世上四大文明古國之一，中國乃四者中之小弟，故承傳上古域外文化亦不足為奇。

而中國文化最具價值者、是今日世上唯一源遠流長的活文化，遠非其他三者可比。我國又何必一定要以自創為榮呢？中國文化是活文化，且是一張寶網，不僅貫通了數千年的歷史社會，還將世界幾支幾流派的古文化包羅其中，能不說其偉大嗎？比中國更古遠的文化，乃藉中國文化而得到彰顯，不是更值得中國人驕傲嗎？

利瑪竇繪第一張世界地圖嗎？

讀中學的時候，課本說教士利瑪竇在明末來華，帶來一六〇二年繪製的「坤輿萬國全圖」，中國人才知道世界之大，令國人耳目一新。中國人以天為乾，地為坤。「輿」，有疆域之意。「坤輿萬國全圖」，簡單地說即世界地圖。

利瑪竇為國人帶來世界觀

當時我們都認為利瑪竇的「坤輿萬國全圖」是可見的第一張世界地圖。但過了許多年，經後人考據，卻並非這一回事。因為一般中國人可能沒有這樣的觀念，但古代中國社會上不少知識分子，早已知道傳統認知的中國疆域以外，山外有山，天外有天。

「坤輿萬國全圖」由利瑪竇與明朝李之藻合作刊刻。在今人考據下，之前西方早有芻型的世界地圖。筆者讀初中時，已有說哥倫布發現美洲新大陸前，已擁有相關地圖。現在看來，極可能確有其事。哥倫布若手中無探險地圖，探險新大陸前景虛幻不明，當時茫茫大海，風高浪急，人命攸關，縱使哥倫布憑自信冒險，但西班牙女皇豈能全無憑據下，給他艦隻水手亡命探索幽微？若哥倫布能出示地圖，真真假假，均加重女皇信心，可以促成此行。

西方早有世界地圖

比利瑪竇帶來的世界地圖較早出現的西方地圖，已知有一五八一年西班牙地圖學家查沃思收錄地圖，圖中已出現南極洲部分輪廓。一五九三年西方亦有南半球地圖，出現南極洲輪廓。事實上十九世紀近代航海家才抵達南極洲，二十世紀中期才繪出南極洲陸地輪廓。上述地圖所見，使人疑惑多年。

利瑪竇繪製「坤輿萬國全圖」，認為是參考源於歐洲世界地圖。但沒有人留意到，利瑪竇可能參考來華前古代中國人所繪製，包括美洲資料的地圖呢？

西方古地圖參照中國古地圖

明朝永樂十六年（1418）之《天下諸番識貢圖》，已繪出地球上所有大陸和海域，包括南極、北極和格陵蘭。在美洲和澳洲大陸上，都有紅墨圈注的注釋。《天下諸番識貢圖》摹本中有一些地域島嶼和當地風俗的注釋，超出十八世紀歐洲人知識範圍（見劉鋼著《古地圖密碼》第二章）。中國古人對美洲的認識，比利瑪竇帶來的地圖更早。

一九二九年發現一批在土耳其伊斯坦堡宮中的「雷斯地圖」，完整的地圖包括地中海，印度洋和遠東地區。其他地圖包括美洲新大陸，亦有繪出赤道以南及南美東部的海岸線。西方哥倫布一四九二年首先發現美洲，但隨後的四次航行都沒有深入南半球。地圖能繪出西方尚未發現的美洲，此情況已引起學者不解，嘖嘖稱奇。

元代人描繪出今日世界

我國學者，多忽略元朝歷史及文化。原因之一是元朝國祚太短；其次以異族入主中華而輕視。但元代特色非漢人天下可比：一是國家版圖之大，恆古未有。其次是蒙古人接觸世上諸色民族及文化之龐雜，人文薈萃，互為溝通影響，亦為歷代所無。蒙古人領土廣大民族眾多，各種人才博雜。元朝人廣闊的世界觀，其學術表現實不容忽視。

宋室武力疲弱，要向異族納貢求安。但海上交通暢旺，重視海上貿易，經濟發達，遠遠超過以前幾個朝代。元朝時海運更發達，幾乎遍及全地球。蒙古兵不只在陸上人強馬壯，一二七〇年，蒙古軍組建了由八千艘戰艦，十二萬人組成的海軍。在攻打南宋時，水師起了決定性作用。滅宋時先沿長江克漢口、破南京、佔臨安。再在崖山徹底消滅南宋。

元朝蒙古人稱霸世界，雖然遠征日本失敗，但在海上貿易承前朝已卓有成績。元朝實行開放政策，數代皇帝均有派出使節出洋探訪。元朝人航海能力受到忽略，遠超國人想像。元代航海家汪大淵在《島夷志略》序有言：「中國之外，四海維之。海外夷國以萬計，唯北海以風惡不可入，東西南數千萬里，皆以梯航以達其道路，……則相率而效朝貢互市，無不可通之理焉。」意下是除白令海以北海域，元朝人足跡已遍及地球。可說為明朝鄭和大航行打下基礎。

鄭和早具今日世界地圖

鄭和（1371-1435）永樂三年奉明成祖命通使西洋，隨員二萬七千多人，大小船隻二百餘艘。其中艨艟巨艦船長四十四丈，一艦可容千人。鄭和率艦航行西洋，前後相距廿二年，在第七次回國途中病逝。

明成祖朱棣曾下令廣集地圖、星象圖、航海圖為鄭和出洋作準備。鄭和出海前事事準備周詳。有航海圖誌，完備星圖，徵得阿拉伯航海家協助。啟航前培訓不少各地各國語言人才，以便在海外翻譯溝通。出海時攜同各類文士，畫師，科學家同行，當然亦帶備驍勇明軍。鄭和航行四海真正目的不在本文探討之列，但其一是宣揚明朝國威。鄭和同時帶備觀星圖，和回航北京的地圖餽贈各地國王及大臣，以便外國使臣或國王可按圖抵達北京，向永樂帝朝拜。世界地圖之完備，可以想像。

今人研究其行程，有認為鄭和艦隊事實上已迴航整個地球。遠到南北美洲、非洲、甚而南極，艦隊已備完整之今日世界地圖。鄭和偉大航程，偉大地理發現，何以歷史上欠缺更詳盡報導呢？原來鄭和去世後，隨行艦上史官寫下詳細航海日誌，原存於皇宮，後來被兵部郎中劉大夏下令全部焚毀，後人無可查閱。明朝隨即頒下「海禁令」，嚴懲國民私下出海，違者斬。箇中原因，可以另章探討。

許多人相信，西方古地圖何以繪出歐洲人未到之地，如「雷斯地圖」等，均間接輾轉得自鄭和航海圖。筆者亦深信其事。

中國古代地理觀念

中國人對地域觀念，最早春秋時期，陰陽家騶衍提出世界有大小九州之說，以中國只佔大地九九八十一份之一，當時許多人認為是騶衍漫天之談。漢代時張衡以渾天說辯勝蓋天說，說宇宙如一雞卵，地球如蛋黃，懸在蛋白中。可知古人對蒼茫大地，並非空白無知。

中國地圖學始於魏晉，以北為上方，此慣性來自遠古。《禹貢》是最古地理書，在描述九州時，按冀兗青徐揚荊豫梁雍各州均自北向南排列。後人測量製圖，通過北極星確定地圖方位，故繪製地圖時必以北在上方。

西方除了承認中國火藥、指南針，造紙術和印刷術外，中國測量方位羅盤及地圖學，在唐朝及元朝，是傳播世界的高峰。唐朝一行僧受唐太宗之命量度世界的大小，當時人以為只在國內，但在近人衛聚賢的考據，從遺下星象紀錄，已知步履遠至今日的澳洲。

中國北方古時屬遼國地方，發現張匡正墓地，墓誌銘紀元表示建於一〇九三年。墓室牆頂展現木製世界地圖，雖然發現時有剝落，但仍可辨認出亞洲、歐洲、非洲、南非美洲，澳洲和主要海域輪廓。亞洲居地圖中部，中國處地圖中央。表示一〇九三年之前，中國人曾經對地球表面測繪過。

我國「大明混一圖」成圖於一三八九年，以大明版圖為中心，東起日本，西達地中海、非洲西岸。南爪哇，北至貝加爾湖。和「張匡正世界地圖」輪廓非常相似。

坤輿萬國全圖原稿之疑惑

「坤輿萬國全圖」在十六世紀末的出現，引起明末文人大為吃驚。因當時一般文人對中國傳統天文學，地理學，數學的成就知之甚少。但亦有例外，如著名的天文學家、數學家徐光啟便是其中矯矯者。利瑪竇到北京結交到徐光啟，成為好友，東西兩位學者作深切學術交流，順理成章。

利瑪竇一六一〇年三月去世。發現哈得遜灣的哈得遜一六一〇年七月才率隊駛入哈得遜灣。「坤輿萬國全圖」注文，稱哈得遜灣為「哥泥自斯湖」。顯然，世界上存在哈得遜灣的訊息不可能來自歐洲地圖，而來自中國古地圖更有可能。此外，「坤輿萬國全圖」中有許多來自中國的地理名稱。

近代學者研究，利瑪竇的「坤輿萬國全圖」中載著一千一百一十多中文地名，其中有三百六十多個中文地名未曾在歐洲地理史料出現過。證明利瑪竇製圖時，一定參考過中文地圖和地理著作（見《古代地圖密碼》第十三章）。從種種跡象看來，「坤輿萬國全圖」參考中國古代地圖更多，亦表明古人對現存世界並非一片空白。

結論

若歐洲只有古希臘時代的科技水平，十六世紀的歐洲不可能出現科技上突飛猛進。加上中國、印度和阿拉伯伊斯蘭文化的古科學知識，殆無疑問。歐洲十五世紀在天文、航海、地理方面得到迅速的發展，造成世界地理大發現，其中古代中國人研究的心血，一定滲入其中。鄭和出洋遠航和促成世界地圖的出現，對今日的世界影響深遠。

現今世界地圖北方在上，中國位在地圖正中，北京城市經度是開始的零度，一切以中國為尊，難道全出於巧合嗎？

註：

1　本文部分資料參考劉鋼著《古地圖密碼》。筆者對劉鋼先生著述之考據及推論，其認真及毅力至為敬佩。讀者如對此題材感興趣，竭誠推薦《古地圖密碼》，台灣聯經出版。

2　學者李兆良先生通過研究其他史料，認為《坤輿萬國全圖》並非利瑪竇所繪，而是由中國人所畫。足資參閱。

附錄一：和學員談「十家九流」的疑問

學問在乎抛去成見，虛心探討。十家九流中小說家不入流這個命題，既鮮有前人論及，所以甚值得探討。個人仍然認為小說家因沒有和其他九家一樣有領袖人物，沒有可以鑽研的、有系統的學說而不能成為一流。學員曾來函討論及此問題。

楊博士：

你好，學生為中文課程三年制學生張某某。有關是日課堂派發之作業，有幾個疑問還望老師解答。

首先，學生的題目是：「何以十家九流中小說家不入流」。老師的評語提到小說家並無一些領袖人物，但據學生查找的資料（暫時只有於網上查證，將會再到圖書館確認），小說家確有所代表的人物，為虞初與燕丹子。雖資料並未確實查證，但學生認為百家爭鳴，每一家均有一位代表人物，因此並不能說小說家不入流之原因為沒有精神領袖。其次，若確實如老師所言，並無一精神領袖發揚其學，但又何以可納入十家之列呢？

另外，學生所舉全屬「何以十家九流中小說家不入流」的原因。學生認為：（一）簡述十家九流之出處；（二）家的含意（舉例前人所言家的定意，表達出入家的資格）；（三）小說家不入流原因。縱使表達可能力有不逮，但仍不算為離題。反之，老師評語中寫道可提出小說家帶給民間之傳統影響，似乎於此題目更不合適。

有關以上問題，還望老師能解答。謝謝。

學生　張某某

張某某同學：

謝謝你的來言，你對問題的探究態度極值得欣賞。偉大的數學家計算加減數時亦有可能算錯，學生勝於老師情況時有出現，如梁啟超學問便比康有為深厚得多。所以你說得對，我說錯了也非沒可能。學問在乎拋去成見，虛心探討。十家九流中小說家不入流這個命題，既鮮有前人論及，所以甚值得探討。

首先，你認為「小說家確有所代表的人物，為虞初與燕丹子」。這概念恐怕站不住腳。魯迅的《中國小說史略》是論述小說的權威，並無說及虞初是代表人物，只說「虞初事詳本志該註……所著《周書》幾及千篇，而今皆不傳」（見第一章）。虞初的著述多至千篇，但後人都沒得看，何來是代表人物？你也認為未能查認。其實，所謂「代表人物」，是指領袖人物，權威人物。如儒家孔子、孟子；道家老子、莊子；墨家墨子，法家申不害、韓非子等，虞初燕丹子又何能比肩與之相提並論？所以，小說家在漢代前可有傑出作者，但沒有領袖人物，沒有代表人物，是可以肯定的。

其二：「並無一精神領袖發揚其學，但又何以可納入十家之列呢？」這個問題問得好，但結果小說家列入十家之中是既有事實，正是我們適宜探究其原因之處。

古來很少學者探討這個問題，何以故？原因是古來讀書人都鄙視小說，讀之唯恐人知見笑，豈敢再研究？但亦有例外者，至清朝，金聖歎大力倡言小說的價值，還對小說批註，後來因他事死於非命，後人更避談小說。直到近世梁啟超，才重新喚起小說的價值，其名作〈論小說與群治〉，相信你也讀過。再稍後胡適更大力指出小說文學效能，並親自鑽研小說，研究《紅樓夢》，是他飲譽之作。

嚴復和夏穗卿合著〈國聞報附印說部緣起〉中說：「……夫說部（小說）之典，其入人之深，行世之遠，幾幾出於經史之上，而天下人心風俗，遂不免為說部之所持」。嚴夏兩位學者都認為小說影響人心之深廣，均在經書史書之上。胡適則說：「今人猶鄙棄白話小說為文學小道者，不知施耐庵、曹雪芹，吳研人皆文學正宗，而駢文，律詩，乃真正小道矣」。胡適認為小說才是文學重鎮，唐詩，駢文都給（好）小說比下去。這些學者的話，可見小說「雖無精神領袖發揚其學」，亦足以列入十家之列。

小說因確實有內在價值，這裏當然是指優秀的小說而非一般的小說。優秀的小說包含許多人生學問，許多處事做人的道理，是讀其他的書籍讀不到的。我提出世人都敬拜觀音，警匪都敬拜關公，前者受小說《西遊記》影響，後者受《三國演義》桃園結義影響，小說雖然沒有領袖人物，但可見證影響人心之甚，其理和胡適，嚴復推崇小說價值之見解一致，所以不能說「於此題目更不適合」。這是明確指出小說的價值和對社會的影響。

優秀的小說包含許多人生學問，如《西遊記》和《三國演義》。我仍然認為小說家因沒有和其他九家一樣有領袖人物，沒有可以鑽研的、有系統的學說而不能成為一流。試看儒、法、道、墨都有一套處世主張學說，雜家也有領袖呂不韋，有《呂氏春秋》傳世。十家九流是漢代《漢書．藝文志》說的，漢代以前，有哪一部著述可以代表小說家的？沒有！有哪一些人物好像孔、孟代表儒家；像老子、莊子代表道家的？沒有！同時代的小說家中，有哪些人像儒家、墨家的聚幫成派的？沒有！所以小說家不應「入流」的。「流」是什麼意思？這裏是成幫成派的意思。小說在班固前沒有流的。

題目是「何以十家九流中小說家不入流」，這個題目是對「十家」和「流」應已有共識，無須花筆墨解釋其出處及釋義，解釋便離題了。正如題目若是「為什麼香港是最繁榮的殖民地」。你花許多筆墨去解釋什麼是殖民地，什麼是香港，這也是離題了。你的答題不是全篇離題，部分離題而已，否則我也不會給分數。

你的謙虛好學精神，已給了不少印象分。我堂上沒有這裏解釋得清楚，我以為淺說也能讓人明白，但這顯然是我的缺失，謹在此表示歉意。祝努力不輟。

壬辰年夏日

按：本篇雖然一問一答，然可為對此問題關心者探討。因今未能與該生聯絡，故將其一名字改寫為「某」代替，盼諒。

附錄二：楊興安博士專訪──小說創作與今日社會

被訪者：楊興安博士（專業：唐代傳奇及現當代小說研究。）

訪問者：蘇曼靈（作家，香港小說學會前會長。）

蘇：楊博士，請問小說對生活有什麼影響？這個社會還需要小說嗎？香港社會需要小說嗎？

楊：戲劇由小說衍生，小說是基礎，需要戲劇便需要小說。宋朝時，手工業興旺，很多工人會聚在一起聽說書，是當時大眾的娛樂。後來，『說故事』的手稿流傳下來，代代相傳，慢慢演變為現在的小說。二十世紀後期，電影和電視劇相繼發展蓬勃，小說的面貌隨之改變，許多小說內容以視像形式出現，可見時對小說的需求不變。

蘇：小說對作者與讀者有什麼影響？

楊：不同角度看法不同。從讀者角度，透過小說接觸和瞭解古今中外不同世界，增加知識，瞭解人生和人性，增加智慧與辨識力。

其次，告子說「食色性也」是人的兩種基本人性，我認為人類第三種欲求是求知欲。透過知識獲得更多安全感和能力。人天性好奇，尋求知識的過程可產生趣味。小說內可包括多種文體。個人認為，「小說的功用」說得最早最好的是梁啟超。民初時期，梁啟超在〈論中國小說與群治〉一文中說，我們的社會需要小說，小說是精神食糧之一，看小說除了體會和感悟到感情、智慧、知識，讀好小說的優雅文字是一種享受。

談到創作小說。有些人本性愛表達，愛說話，若能具備寫作能力，則會產生創作的欲望，寫愛情，自身經歷，人情世故……每個人秉性不同則創作偏好不同。武俠小說是中國文學的特色，是非常好的創作舞臺，它可涵括偵探、愛情、歷史等等。小說第一要求是趣味性，不同的讀者對趣味的要求不同。小說的最高成就是有啟發性。比如，《老人與海》，整個故事非常簡單，但卻帶給讀者深邃的思考和意義。

蘇：讀者如何透過閱讀小說、獲取知識以及感受閱讀的樂趣？

楊：我以金庸小說舉例。廚藝、功夫、為人處世、世界觀、友情、愛情……都在其中。《紅樓夢》裏，詩詞歌賦、美學、愛情、親情……包羅萬象。不同年代不同地域的小說，反映各地風土人情，時下風貌，作者的經歷、想像、思想不同，讀者所接觸到的文字與內容均不同，這些都會為閱讀帶來見識與樂趣。

文學界需要發掘好的小說家及書評人，推薦好作品和寫書評。一個公正睿智有學養的書評家，會有讚有彈，不怕得罪人，同時具備一定的人文素養。書評人向讀者介紹作品，推薦好的小說。使讀者選擇讀物時有更加清晰的目標，不至走彎路，從而享受到閱讀的樂趣。

小說與社會的關係

蘇：以當代香港社會的情況，適合創作什麼題材的小說？

楊：香港當代社會，物質文明一定是進步的，整體精神文明是退步的。今日道德意識淡薄，人與人會因利害關係缺乏基本的信任。社會受政治因素、經濟因素等等影響，人心虛浮，適合創作反映當代社會和當代人心的小說。社會越複雜，小說會越精彩。

蘇：文學創作需要回避政治嗎？文學創作話題如何拿捏？

楊：無須刻意回避。任何時事與政治，只是小說時代的背景。作者最好不直接寫出自己的主觀意識，而讓讀者自己感受。作者可以站在自己認知的角度創作具有時代感的小說，是非讓讀者自行判斷。不同時代政治背景下，必然產生不同的人情世故，正是反映人性的好時機。寫作無須說教，也不要說教，但必須做一個有良心的作者。無論創作什麼。作家應以自己良知作出發點。

文學是源於社會和生活的文字藝術，與人類活動息息相關。我們寫作，主要圍繞人性，人性有善有惡，且有善惡交疊的可能。而道德的標準會因時地的不同而有異，但總要保持自己的寫作良知。一個作者，總會無意間將自己的道德觀滲入作品中。

蘇：西方國家的人就喜歡看披露中國人醜態的作品。柏楊一本《醜陋的中國人》至今都有讀者。

楊：對於這一點，我比較反感。為什麼眼中只有中國人的陋習與毛病？為什麼無視中華民族的美德？任何國家的人都有好有壞。柏楊是我很佩服的作家，但後來他也對國人開口大罵，倒像他是個不明國情的外國人了。罵人不是太容易嗎？何苦呢？作為一名作者，可以揭露社會的醜態，但不要寄望借作品說社會醜態來發洩，來嘩眾取寵，作品便下乘了。

對網路作品的意見

蘇：網路小說對印刷本有衝擊嗎？

楊：首先，一般印刷的作品會經過篩選，有編輯有校對，但是網路文學這樣的速食文化，為求速度和點擊率，對文字和內容的品質要求不高。網文固然有其存在的價值，但應該有一套制度處理，有篩選才會有水準。

此外，印刷品看完可以保存，日後再看。但是網文看完就算；紙媒可以做重點記錄，作眉批，而且不傷眼神。我當然推薦印刷體。

蘇：您認為小說的作者多數偏向感性還是理性？

楊：我個人認為，小說創作者以理性為基礎，感性為昇華。故事情節的安排需要有技巧、理性處理，而內容是否打動讀者，需要感性，二者並存，缺一不可。好的小說，不論時代與背景，總會帶給讀者共鳴，這就是藝術的力量。

蘇：人生經歷不夠豐富的作者，怎樣以文字打動讀者？

楊：經歷只是基本條件。表達力和想像力才是一個作者的功力。天下故事不外乎悲歡離合、生離死別、成敗得失、喜怒哀樂。小說是否寫得好，就看作者如何透過文字，以理性和感性處理平凡、常見普通的人間情天下事。好小說寫出時代感，透析人性，這是小說創作的兩條縱橫線，最好兩者並存。

香港的文學現象

蘇：您是否贊成廣東話入文？

楊：不贊成。中國文化有個優點，自甲骨文開始，「語」和「文」分開，中國地方語言繁多，靠語言不易全國溝通，必須依賴統一的書面語。所以，語言表達較為彈性，明白即可；但書面語有規範、最好精準，粵語不適合入書面語。

蘇：文學理當百花齊放，海納百川。文人為何總是彼此相輕？香港文學界有排擠的現象嗎？

楊：我認為並非排擠這樣嚴重，或有，亦不多。而是作小圈子互相追捧。非圈中人，則在視野之外。文人相輕，自古已然，此亦文人陋習。

私淑四大作家

蘇：請談談您喜愛的作者與作品。在寫作上，您有老師嗎？

楊：回想起來，有四個作家影響我極甚，可說是藝文思想上的老師。

第一位，薩孟武。老一輩的臺灣作家。

七十年代初，我看他的《西遊記與古代政治》，以《西遊記》影射剖析中國古代政治，非常有思想性的作品。自此，我開搜集讀薩孟武其他著作。

他評《水滸傳》，一部專寫男人世界的著作。他說男人好色是天性，在男多女少的下層好漢中，會為貪色打鬥和負義，影響大夥兒的義氣。故能不溺於女色的是英雄好漢。又說中國人講「孝」，但《水滸傳》講「義」，因《水滸傳》講的多為市井之徒，自小在街頭打滾，父母的恩惠不多，反而受市井朋友關照多，故看重「義氣」。這都對我的思想很有啟發。我對薩孟武的評價是他的論點「高瞻遠矚」。

第二位是柏楊。

我看過他幾十部著作，牢獄前的作品我幾乎全讀遍。柏楊不但文筆流暢，且有很複雜的人生經歷。其論述「水銀瀉地，無孔不入」，是我對柏楊的評價。但柏楊受過牢獄之災後，思想變得偏激，便對他的作品疏遠了。

第三位金庸，盛名響遍大中華。

我寫過評過金庸小說的文章不少，也公開講過很多與金庸及其著作相關的議題，在此，我只好簡單地說他的作品「網羅人情世道，撫人心竅，作品趣味性極濃。」來概括我的感受。

第四位南懷瑾。

三十年前，友人早向我推薦。說南懷瑾精通佛理，我對佛理抱有敬懼之心，不敢太親近。隔了十多年，另一良友說他精於儒釋道學問，一讀之下，被他的睿智和老頑童的語調氣質吸引。隨之讀了不少他的著作。我極佩服他對國故學識的博學。其中南懷瑾說過，「亂世，道家平定天下；盛世，儒家治天下」很有意思，好像沒有前人說過。

個人的經驗與寫作

蘇：您曾經做過香港商界和文學界兩大風雲人物的秘書，職務對您文學世界有何影響？

楊：職務對文學影響不大。不過，從工作中，我吸收到常人難得的經歷。比如，我為金庸工作時，他叫我負責編《三十周年社論集》，我影印和粗略涉獵了近萬篇《明報》社論，從中選出一千篇。那些社論，充實了我的知識與增長智慧，如入寶山。可惜後來金庸放棄出版。

長江集團那份工作，包括每天要閱讀全港全部的中文報紙，中文雜誌，六年多如此，讀了超過二千多天全港報章雜誌、大小新聞或特稿，左中右論調我都看。使得我看社會的觀點和角度也許比常人更闊更深。

蘇：報章雜誌的文字並非好文字，對您的文字創作會否帶來不利影響？

楊：不會。我的文字受金庸作品影響最大，我認為金庸小說是最好的語體文。多讀報章雜誌主要是吸收知識與資訊，對社會有較全面，較深刻的認識。

蘇：談談您在教學與文學的成就，是否滿意？

楊：至今出版了近二十本著作。在香港公開大學兼課超過二十年，曾教「古典小說」和「商業文書寫作」，也許我把「商業文書」這類學問普及吧！另外，在中文大學進修學院教「中國文化歷史專題」和「小說與散文寫作」，或者能影響一些學生。

蘇：您對香港文學界及年輕文學愛好者有何寄語？

楊：「認識文學，親近文學，會更懂得欣賞生活，更懂得享受生命。」這是我對年輕人說的話。

蘇：謝謝你的談話。

楊：談得暢快，謝謝！

秋燈夜雨讀文史

作　　者：楊興安
責任編輯：黎漢傑
封面設計：黃晨曦
攝　　影：謝俊禮
題　　字：楊興安
内文排版：多　馬
法律顧問：陳煦堂 律師

出　　版：初文出版社有限公司
　　　　　電郵：manuscriptpublish@gmail.com

印　　刷：陽光印刷製本廠

發　　行：香港聯合書刊物流有限公司
　　　　　香港新界荃灣德士古道 220-248 號
　　　　　荃灣工業中心 16 樓
　　　　　電話 (852) 2150-2100　傳真 (852) 2407-3062

臺灣總經銷：貿騰發賣股份有限公司
　　　　　　電話：886-2-82275988　傳真：886-2-82275989
　　　　　　網址：www.namode.com

新加坡總經銷：新文潮出版社私人有限公司
　　　　　　　地址：71 Geylang Lorong 23, WPS618 (Level 6),
　　　　　　　　　　Singapore 388386
　　　　　　　電話：(+65) 8896 1946　電郵：contact@trendlitstore.com

版　　次：2023 年 5 月初版
國際書號：978-988-76892-0-1
定　　價：港幣 88 元　新臺幣 320 元

Published and printed in Hong Kong

香港印刷及出版
版權所有，翻版必究